D1760966

L'ombre
de nos nuits

GAËLLE
JOSSE

L'ombre
de nos nuits

ROMAN

En page 7 : *Le Nu perdu*, René Char
© Éditions Gallimard, 1971

© Les Éditions Noir sur Blanc, 2016

« Donne toujours plus que tu ne peux reprendre. Et oublie.
Telle est la voie sacrée. »

René CHAR,
Le Nu perdu, Gallimard, 1971.

À Lunéville, en Lorraine,
en ces premiers jours de l'année 1639.

Tout est prêt. Les grandes lignes, les princi-
paux volumes sont posés. J'en ai la main engourdie et le feu est presque éteint dans l'atelier,
seules quelques braises persistent à diffuser
leurs lueurs rouges sous la cendre. Combien de
temps ai-je passé là ? Je ne sais pas. Ce n'est
plus la peine d'ajouter une bûche maintenant,
ce serait une dépense inutile. Le soir tombe, il fait
trop sombre pour continuer.

Ce vertige, à chaque fois, devant cette surface vierge. Tout y est possible. Elle attend le
geste, la main accordée au souffle, comme une
fécondation. Et cette question, la même depuis
si longtemps. Saurai-je donner vie aux scènes
qui m'apparaissent en songe ?

Je regarde les bâtons de fusain posés à côté
de moi, alignés, pour l'esquisse de la scène.
À chaque fois, cette hésitation. La trace de la
main, le contact avec la toile. Éternelle initia-
tion. Comme on approche un corps qui s'offre

pour la première fois. Découvrir comment il va réagir, frissonner, trembler, gémir. Deviner quel est son secret, sa joie, sa blessure. Éprouver cette sensation qui ne peut être qu'une seule fois et disparaît dans le geste qui l'accomplit. Le geste de la connaissance.

D'autres considérations m'appellent maintenant. Il faut que je parle aujourd'hui à Claude, ma fille aînée. C'est elle qui posera pour ce tableau, c'est son visage que je vois lorsque je ferme les yeux. Je sais bien que j'avais promis à Diane de la peindre, elle croyait que ce serait pour ce travail-là, mais j'ai changé d'avis. Elle n'en a plus l'âge ni la grâce. C'est ainsi. Je dois trouver comment ne pas la blesser, mais je suis hélas plus habile à peindre qu'à parler. J'aime le silence qui accompagne la nuit, j'aime le feu, l'ombre et leur danse, ils se cherchent, s'évitent, s'enlacent. Le silence qui accompagne nos vérités. Je n'ai pas besoin de grand-chose d'autre, quand j'y pense.

Claude prêtera son visage à Irène, la femme qui a soigné et guéri saint Sébastien transpercé de flèches. Je ne sais pas encore qui posera pour lui, je vais y réfléchir. Pour le troisième sujet du tableau, ce sera peut-être Marthe, la fille de notre servante Gervaise. Elle a ce visage que je recherche, encore engourdi des traits de l'enfance. Elle restera un peu dans l'ombre, en haut de la composition, et portera la lanterne éclairant la scène. Ce sera une grande lanterne, imposante, centrale, d'où irradiera la lumière qui ira se perdre dans la nuit.

Comme chaque matin, je me suis levé tôt, bien avant le jour. J'ai balayé l'atelier, rincé le sol, fini de gratter la peinture sèche sur les palettes, essuyé les brosses et les pinceaux mis à tremper. J'ai retiré les cendres refroidies de la cheminée, disposé une épaisseur de sarments, puis une autre de petites branches, et enfin quelques bûches. Lorsque Maître de La Tour descendra, tout sera prêt, il régnera ici la bonne chaleur qu'il apprécie. Il pourra commencer sa journée de peintre et moi celle d'apprenti, avec son fils Étienne.

Étonnement, hier soir, au souper, lorsque le Maître a demandé à Claude de poser pour lui. Ce fut une surprise pour chacun de nous, car c'était la première fois qu'il exprimait semblable exigence. À peine avait-il annoncé cela que j'ai cru percevoir de la contrariété chez son épouse, je l'ai vu à son léger sursaut, une crispation infime de ses mains sur la table, et tout son visage a paru se rétrécir et se refermer. C'est le signe que quelque chose lui a déplu, je ne connais que trop, après toutes ces années passées à partager leur vie, ce mouvement involontaire de ses traits.

J'ai vu aussi que le Maître l'a regardée avec douceur à ce moment-là, et à mi-voix il a dit qu'elle serait le sujet principal d'une autre composition qu'il a en tête, qui permettra de la mettre en valeur d'une façon plus intéressante. Claude était confuse de cette situation, je l'ai vue baisser la tête, elle s'est levée et s'est affairée à débarrasser la table de nos assiettes vides, puis elle est partie les déposer à l'office, et elle est revenue avec une coupe de pommes, les petites rouge et jaune à la peau fine, sucrées, comme le Maître *les aime. Je crois qu'en dépit de cette requête imprévue elle s'est sentie fière à l'idée d'être utile à l'art de son père. J'ai vu son visage se colorer et un sourire apparaître sur ses lèvres, qu'elle est vite partie dissimuler en s'enfuyant à la cuisine. Je sais qu'elle fera de son mieux pour le satisfaire. Elle est comme nous tous ici, très dévouée et très obéissante.*

Notre temps n'est que vacarme et fracas. La guerre, la guerre, la guerre. Depuis tant d'années maintenant. Les empires, les royaumes et les religions s'affrontent sans répit dans toute l'Europe, dans des batailles, des alliances et des mouvements de troupes décidés avec des cartes étalées sur des tables marquetées d'ivoire et de dorures. Qui donc se soucie du peuple ? Personne, ni les princes ni les hommes de Dieu. Lequel d'entre eux résisterait à l'épouvante qui règne dans nos villages ? Ce n'est pas un spectacle pour les grands de ce monde, il ne leur faut que des villes pacifiées où ils peuvent entrer en tenue d'apparat avec toute leur cavalerie harnachée pour la parade, trompettes et tambours marchant devant, sous des arcs triomphaux construits en toute hâte et des acclamations exigées d'une population terrorisée qui préfère cette mascarade au gibet. Notre pauvre Lorraine est prise en tenailles par les Français, les Allemands, les Suédois, les Italiens ; les villes et les châteaux sont assiégés, sans cesse délivrés et repris ; chacun ne cherche qu'à fuir, et ne trouve que des malheurs plus grands encore.

Dies irae. Le livre de l'Apocalypse a pris chair dans notre temps. Depuis longtemps ses quatre cavaliers hantent nos plaines. Le septième sceau est ouvert et les trompettes ont sonné ; elles ont appelé les anges et les coupes de la colère de Dieu, celles qui répandent cataclysmes et désolation. Son jugement est dévastateur envers les hommes et nous n'y avons pas pris garde. Notre humanité ne mérite peut-être pas davantage et s'étourdit encore, croyant repousser le châtiment par sa seule volonté. Les visions de saint Jean font frémir et chaque jour ne semble se lever que pour prouver leur effroyable justesse.

Nos campagnes sont plongées dans l'effroi et la désolation. La soldatesque de tout bord pille, vole, viole, pend, transperce, égorge, et lorsqu'elle n'est pas la cause de nos maux, ce sont la famine, le froid, la maladie qui se chargent de la besogne. La peste a décimé des villages entiers, ceux qui ont la force de fuir ne sont plus que des corps saisis par le froid, raidis par le gel, éparpillés dans les champs et sur les chemins comme les jonchées d'une sinistre moisson. Les loups, les renards, les corbeaux s'en repaissent. Des marchands m'ont raconté un jour qu'ils avaient vu, à la sortie de la ville, à quelques lieues à peine de cet atelier, un essaim d'enfants affamés se disputant autour d'une carcasse de cheval à demi putréfiée ; ils la dépeçaient et la dévoraient. Les plus jeunes n'avaient pas plus de trois ou quatre ans. Diane me dit parfois que nous sommes punis de trop peu aimer. Peut-être a-t-elle raison.

Plus que jamais je désire peindre des visages de paix et de consolation afin que nous sachions nous souvenir de ce qui est si loin de nous aujourd'hui, et que nous ne perdions pas espoir.

Diane s'est montrée dépitée de ne pas poser pour cette composition, elle en a montré de l'humeur pendant plusieurs jours, en me rappelant que je lui avais promis de la prendre pour modèle.

Je me suis engagé à la peindre pour une autre toile que j'ai en projet. On y verra deux femmes dont l'une tiendra un nouveau-né emmailloté dans ses bras. Son beau visage grave sera parfait pour ce que je souhaite.

Terre de Sienne, ocre, blanc, carmin, vermillon. La terre et le feu. Et la présence invisible de l'air qui fait vivre la flamme. Je n'ai pas besoin de plus sur ma palette.

Dès demain, je demanderai à Étienne et à Laurent de commencer à préparer les pigments. Étienne est assez habile à cela. Doser, broyer, mélanger. C'est un garçon capable lorsqu'il s'en donne la peine, à défaut d'être un peintre doué. Je le sais, je suis son père, et je regrette d'avoir à m'avouer cette réalité. Il progresse depuis qu'il est entré en apprentissage auprès de moi, mais c'est lent, bien lent. Je souhaite qu'il prenne ma suite, j'espère qu'il s'en montrera capable. Il recevra ma notoriété en héritage, mais il devra travailler dur.

Laurent, mon autre apprenti, est plus vif, plus à l'aise avec le dessin et le maniement des couleurs. Je le vois faire. Son trait est sûr, il n'hésite pas longtemps pour tracer un sujet sur la toile. Pas assez, peut-être, mais j'étais ainsi dans ma jeunesse. Il fallait que ma main exécute aussitôt ce que j'avais en tête. C'est en avançant dans mon art que je m'interroge davantage. Je le vois s'y prendre avec les tissus, les plis, les matières, c'est prometteur. Je me rends compte qu'Étienne lui envie cette facilité. Il y a entre eux une rivalité qui n'ose dire son nom, j'espère que les choses en resteront là. J'ai besoin de silence absolu, de calme quand je peins, je ne veux pas être dérangé par ces enfantillages. L'un est mon fils, l'autre a du talent, j'ai besoin des deux.

Je ne peindrai guère aujourd'hui, je crois, ni les jours à venir. Étienne non plus. Nous avons terminé la préparation d'une toile de chanvre dont le Maître a indiqué les dimensions, et nous commençons celle des couleurs. J'aime ce travail, même s'il est ingrat, un peu sale, et n'a rien à voir avec l'œuvre terminée. C'est le préalable sans lequel peindre ne serait pas possible. De la qualité des pigments et de la préparation du support va dépendre l'aspect de ce qui va être créé, comme sa stabilité dans le temps. Il faut de la patience, attendre que chaque couche soit sèche pour appliquer la suivante, lisser le support après l'avoir tendu sur des tasseaux. Les couleurs ne doivent être ni trop liquides, ni trop collantes, ni pâteuses. Question de proportions. Maître de La Tour travaille avec peu de couleurs, aussi faut-il qu'elles soient parfaites. Ensuite il les mélange à sa guise.

J'aime cette idée d'apporter mon concours par ce travail humble mais indispensable, penser que de ces gestes va dépendre, un tout petit peu, la beauté d'un reflet, d'un éclairage, le rendu d'un tissu, la nuance d'une carnation.

J'ai entendu Claude se lever tôt ce matin. Lorsqu'elle est descendue nous rejoindre à l'atelier, j'ai remarqué qu'elle s'était lavé le visage et peigné ses cheveux avec un soin tout particulier. Puisqu'elle va retenir l'attention de son père dans ses moindres détails pendant de longues journées, j'imagine qu'elle a voulu se rendre aussi présentable que possible, même si elle n'a aucun besoin d'artifices pour se mettre en valeur.

Il fait bon dans la pièce de travail, les bûches que j'ai préparées dès l'aube ont déjà pénétré l'air d'une chaleur douce. Il y fait meilleur que dans le reste de la maison. Nous savons tous que c'est le seul luxe que le Maître s'autorise, cette flambée.

La presque immobilité qui est la sienne pendant son travail nécessite cette précaution, sans quoi son corps tout entier souffre, son bras se raidit et sa main se crispe, alors que son art exige la plus grande souplesse, la plus grande liberté de mouvement. Et ces flammes basses qui courent au ras de la sole de la cheminée, ces braises qui demeurent là tout le jour auprès de lui sont aussi indispensables que pour certains la présence d'un animal familier.

C'est d'elles, je crois, qu'il tient son goût pour les couleurs qu'il pose sur la toile pour peindre ces nuits qui font dans toute la Lorraine sa renommée et sa richesse.

Madame de La Tour nous a un jour rapporté avec fierté que les amateurs de peinture commandent à nombre d'ateliers de Nancy des scènes

« à la façon de Maître de La Tour ». Elle a ajouté qu'il s'agit chaque fois d'œuvres médiocres, et qu'aucun d'entre eux n'est capable de donner à son travail tout ce qu'on perçoit dans le sien. Elle dit que le Maître sait peindre le silence. Ces mots sont d'une grande justesse. Elle sait apprécier ses tableaux et elle a raison. J'ai beau le voir à l'œuvre chaque jour, je ne sais comment il fait pour parvenir à tant de beauté, qui touche nos cœurs de façon aussi profonde.

Depuis sept ans je travaille ici, où j'ai tout appris. Maître de La Tour est un homme sévère, impatient, parfois brutal, mais, au moment où l'on s'y attend le moins, il est aussi capable d'une générosité ou d'un geste étonnants. Il ne complimente pas, son silence est la plus belle des récompenses. Il m'a accueilli alors que je n'avais nulle place où aller, après que la peste eut emporté toute ma famille. Les corps noircis et gonflés sont la dernière vision que j'ai emportée de mon village. J'ai marché jusqu'à la ville sans autre but que fuir ces images d'épouvante. Ma mère, mon père, mes trois frères et mes deux sœurs. Je ne sais pas pourquoi j'ai été épargné. Arrivé à Lunéville, je me suis nourri de restes au marché aux grains, je les disputais aux chiens, et j'ai dormi dans une église glacée, sur les bancs de bois, en attendant d'être chassé au matin par le sacristain.

Combien de fois ai-je prié le Seigneur qu'Il m'aide à rejoindre mes proches et m'épargne le calvaire du froid, de la faim, et des coups quand je gênais le passage ? Le jour, je dessinais sur le sol avec un morceau de charbon volé, espérant en recevoir une pièce ou une pomme, pour la peine.

Monsieur La Tour est passé plusieurs fois devant moi, s'est arrêté et m'a demandé ce que je faisais là. Je lui ai dit mon histoire. Il m'a prié de me présenter le soir même à son logis et indiqué que dès le lendemain je commencerais comme apprenti dans son atelier. Il me faudrait travailler et ne pas me plaindre ; si je donnais satisfaction, je serais à l'abri du besoin. Sinon, je retournerais à la rue.

Il a poursuivi son chemin d'un pas assuré ; je l'ai vu disparaître au coin de la rue du Bois-à-Brûler, avec sa cape brune, ses bottes de cavalier et son chapeau sombre sans ornement. De ce jour, je crois le miracle possible, et qu'il ne faut pas céder au désespoir. Mais, lorsque je promène mes regards autour de moi, je crois que la chance, hélas, oublie de poser les yeux sur nombre d'entre nous.

Le plus grand calme règne dans son atelier. Quelle différence avec le reste de la maison ! À croire que deux mondes vivent séparés, simplement réunis par le même toit et les mêmes murs ! Nous sommes nombreux, ici. Peu à peu, j'ai appris que seuls cinq de ses dix enfants sont vivants à ce jour. Il faut aussi compter Luc, le valet, Gervaise, la servante, et Marie, la cuisinière. Bien que je ne sois ici qu'un apprenti, ils me considèrent comme l'un des leurs ; il est vrai que j'ai grandi avec eux tous, de ce jour où ils m'ont ouvert leur porte, émus par cet enfant transi, affamé, qui traçait d'étonnants dessins à même le sol. Tout ce monde s'agite, entre et sort, mange, travaille, rit et se querelle. C'est plus que le Maître ne peut supporter, nous le savons tous. Il me semble qu'il se réjouit *de notre présence et de notre affection, mais il lui coûte de demeurer longtemps au milieu de nous, une fois réglées les affaires pour lesquelles son avis est indispensable.*

À Rouen, printemps 2014, ce jour-là.

Tu vois, B., c'est ainsi que je t'ai aimé. Comme cette jeune femme penchée sur ce corps martyrisé, à tenter de retirer cette flèche qui l'a blessé. J'aurais voulu que tu le saches, mais il est trop tard, maintenant. Peut-être l'as-tu deviné, ou ne voulais-tu pas le savoir.

Je t'avais oublié, ou presque, depuis toutes ces années. Enfin, pas tant que ça, finalement. Le temps nous pousse vers notre vie, il nous faut nous réinventer, oublier pour pouvoir continuer. La capacité d'oublier est peut-être le cadeau le plus précieux que les dieux ont fait aux hommes. C'est l'oubli qui nous sauve, sans quoi la vie n'est pas supportable. Nous avons besoin d'être légers et oublieux, d'avancer en pensant que le meilleur est toujours à venir. Comment accepter sinon de vivre, sidérés, transis, douloureux, percés de flèches comme cet homme qu'une femme aimante tente de soigner ?

Pour toi, j'ai été cette femme et ce visage. Aujourd'hui, les dieux m'ont retiré ce don d'oubli qu'ils m'avaient concédé. Face à ce tableau qui me saisit à la gorge, là, au détour d'une salle sans charme particulier du musée des Beaux-Arts de Rouen, où une poignée de touristes errent dans les étages, ce lieu visité entre deux trains, trop vite, comme ça : tiens, le musée, pourquoi pas ? Et me voici au guichet, bonne idée, il commence à pleuvoir sur cette ville portuaire détrempée plus de cent jours par an. Exposition temporaire ou collection permanente ? Voulez-vous un plan, madame ? Le temps de comprendre le fonctionnement du casier pour le vestiaire, d'y rouler en boule écharpe et manteau, de retirer un jeton numéroté pour ma valise, et c'est le commencement d'une déambulation distraite dans les salles. Je suis à l'abri de la pluie, au moins. J'ignore que la tempête m'attend un peu plus loin. Ce visage. Copie d'un original perdu. Cette lumière, et la nuit tout autour. Cette autre femme qui détourne son regard. Elle a raison, il faut savoir se protéger. Il faudrait. Ces mains, qu'on devine douces, légères, attentives à ne pas aggraver la blessure.

Ce regard. C'est ainsi que nous devrions nous y prendre avec les autres, avec cette attention de dentellière penchée sur son carreau, à regarder naître son motif sous ses doigts, et rien d'autre.

Oui, c'est ainsi que je t'ai aimé. Jusqu'à ce que notre histoire se déchire et nous laisse comme deux marcheurs épuisés, qui voient arriver la nuit et n'ont plus rien pour se nourrir ni pour s'abriter. Jusqu'à ce que cet amour se transforme en souvenirs, puis se fragmente en lambeaux de souvenirs, et que chaque nouveau jour le recouvre d'un peu d'oubli. Tu sais, comme ce christ voilé dans cette chapelle de Naples, dont on devine le corps sous un drapé de marbre léger comme un souffle. Avec le temps, le voile se ternit, s'épaissit, et c'est à cette seule condition que nous pouvons continuer à vivre. Et là, dans cette salle où mes yeux s'arrêtent à peine sur ce qui leur est donné à voir, c'est toi qui m'attrapes au col et qui arraches le voile de temps patiemment tissé.

Tu es là, avec toute notre histoire, et je n'ai pas le choix. Elle déferle trop vite, trop fort pour que j'aie le temps de me mettre à l'abri, comme la mer qui se retire loin et revient en noyant tout sur son passage. Ni grâce ni merci pour la vie qui s'y trouve.

Bien sûr, je n'aurais pas dû. Pas dû t'aimer comme ça. Autant. Tu ne me le demandais pas, tu ne le voulais pas, mais tu sais bien que ces choses ne se raisonnent pas. Tu brûlais et j'aimais le feu, j'aimais m'y réchauffer. J'ai été servie, dans cette marche sur les braises que fut notre histoire.

Tu étais là, comme le centurion dans ce tableau. Comme lui, tu m'avais abandonné ton corps et ton âme souffrante, tu t'étais laissé aimer, avec négligence. Ce n'était pas de l'indifférence, mais tu t'étais prêté à mon amour sans le vouloir vraiment.

J'ai en tête ce que je veux pour cette composition, j'espère être capable de donner vie à cette scène que je porte en moi. Il me suffit de fermer les yeux pour la voir apparaître.

Je dois ajouter quelque chose : depuis quelques jours, une idée m'est venue pour cette toile, j'ose à peine me l'avouer. Je l'ai longtemps tournée dans ma tête, tant elle m'effraie, mais ma décision est prise maintenant. C'est au roi de France que je la destine, mais je n'en dirai rien à personne pour le moment. Si je la juge digne de lui être présentée, et je serai le seul à en décider, je solliciterai l'honneur de venir à Paris la lui montrer. S'il décidait de l'acquérir, ma fortune et ma gloire seraient faites !

Vanité que tout cela, je le sais, mais je ne prétends pas être aussi bon ni aussi sage que les saints et les pénitents que je peins. Ils montrent un chemin, mais cette route est longue, ardue et semée de pierres coupantes. Et il me faut faire vivre ma famille. Grâce à la dot de Diane, nous possédons heureusement des terres, des bois, des parcelles à blé, des vignes, avec les titres et les privilèges qui leur sont attachés. C'est grâce à tous ces biens que nous connaissons l'aisance qui est la nôtre, ma peinture n'y suffirait pas, même si les commandes se multiplient. Toutes les grandes familles de la noblesse lorraine désirent acquérir mes œuvres. Je veux aller plus loin désormais.

Viendra-t-on me reprocher de trahir la Lorraine, en guerre contre la France, par un tel acte ? Nul ne s'y risquera, car rien n'est aussi tranché dans nos régions morcelées, divisées, tant pour ce qui est de la géographie que de la politique et des religions. Nous sommes terre de méandres, de frontières, d'alliances et d'influences, et de courants multiples. La France reste mon attachement naturel, car à Vic-sur-Seille, où je suis né, nous dépendions de l'évêché de Metz, rattaché à la France, et j'ai dû me contremander, passer sous la souveraineté du duc Henri II en m'installant à Lunéville. Depuis toujours les grandes familles de France installées dans la région acquièrent mes tableaux et je sais qu'elles faciliteront ce projet. Notre terre est un axe de passage, Paris attire vers lui tous les chemins et tous les échanges, qu'il s'agisse de dignitaires ou de marchands. Et ce qui m'importe, c'est de faire valoir mon art. Oui, présenter une de mes nuits à la cour de France, je ne rêve de rien d'autre désormais.

À l'atelier, le travail ne manque pas. Les seules commandes que je refuse, ce sont les portraits. Peut-être ai-je tort, car je pourrais les monnayer chèrement, mais je ne supporte pas ces seigneurs, gentilshommes, échevins, notables, propriétaires. Pour les avoir souvent reçus dans cet atelier, je ne connais que trop leur arrogance et je la hais. Il faut leur tenir la dragée haute et leur faire comprendre qu'on n'attend pas leur bon vouloir avec des courbettes. J'ai à cœur de leur montrer que je suis leur égal. De quoi seraient-ils capables, eux, avec une toile et un pinceau ? Il faut afficher une mise semblable à la leur, et des possessions en quantité. Sans quoi ils vous traînent plus bas que terre, en exigeant de faire figurer, sur les tableaux qu'ils vous font l'honneur de vous commander, les fantaisies qu'ils ont en tête, détails d'un bijou, d'une armure ou d'un corset, chiens, chapeaux, commodes ou cabinets précieux. Sottises ! Je n'ai pas envie de peindre cela. Ni de devoir demander audience pour exiger mon dû, chapeau bas, et m'estimer heureux s'ils consentent à me donner mon argent en ayant l'air de me faire l'aumône.

Allons, j'ai pourtant eu une grande satisfaction il y a quelques années, et le sourire m'en vient encore au visage. Ce marquis aux lèvres minces, tout en plumes, volants et dentelles, qui avait demandé à voir mon musicien à la vielle, dont l'un de ses pairs lui avait dit grand bien. Deux de ses gens l'escortaient, l'un tenant son chapeau, l'autre sa cape. Il a vu la toile, tourné autour, reculant, avançant, tête penchée, comme pour lui trouver le défaut qui lui permettrait de payer moins que le prix demandé. Pas un mot. Puis il s'est brusquement avancé, et d'un air agacé il a donné un coup de gant sur la toile. Puis un autre, quelques secondes après, encore plus agacé. Enfin, il s'est approché, toujours plus près, et il a compris que la mouche qu'il s'efforçait de chasser était en fait peinte sur le tableau. Non, ce n'était pas un simple insecte assoupi dans la chaleur de l'atelier et les effluves des pigments. J'ai vu son regard incrédule. Contrarié. Puis admiratif. Un éclat de rire. *Mes respects, Maître de La Tour. Vous m'avez mystifié. Il me faut cette peinture, vraiment. Je compte bien surprendre mes visiteurs comme je viens de l'être. Votre prix sera le mien. Faites-la-moi livrer dès demain, je vous prie.*

Ses valets lui ont tendu la cape et le chapeau. L'instant d'après, il avait disparu dans un bruissement de plumes et d'étoffes. Pas un mot pour prendre congé.

Dès l'instant de notre rencontre, j'ai découvert un état nouveau, du moins inconnu dans cette intensité, comme si je prenais conscience pour la première fois de la profondeur et du relief d'un paysage familier, soumis à un éclairage d'une violence nouvelle, dessinant des contours aigus et creusant des ombres insoupçonnées. Un état de tension, éprouvé dans chaque partie du corps, dans le ventre, les épaules, au fond de la gorge, comme un appel incessant et muet. L'attente. S'y joignaient les efforts surhumains pour ne pas la montrer, à la manière dont on isole dans une pièce un animal domestique trop bruyant ou trop turbulent pour un visiteur. Il me fallait la discipliner, la travestir pour ne pas t'effrayer d'un amour trop grand.

C'est pourtant toi qui m'avais choisie. Une de ces soirées mi-privées, mi-professionnelles ; je ne sais plus ce que j'y faisais, et toi encore moins. Un moment inévitable, comme cela arrive.

Moi, traductrice ; toi, l'un des responsables d'une filiale d'un groupe industriel. Entre nous deux, un banal rapport d'activité et un site

Internet à transposer en français à partir de l'italien, la France constituant une *cible prioritaire* à l'export pour ton entreprise au siège établi à Gênes. Il avait fallu assister à des réunions de *stratégie* et de *prospective* pour s'imprégner de la *culture d'entreprise*, feindre un intérêt soutenu lors des séminaires avec café obligé et PowerPoint obligatoire, sur des chaises aux couleurs *flashy*, au design ultra-contemporain et ultra-inconfortables.

Quelques jours plus tard, tu m'avais rappelée sous un prétexte idiot, tu me l'as avoué ensuite, en riant, et je n'avais rien soupçonné. T'avais-je réellement séduit ? Que cherchais-tu ? Un simple moment d'oubli, je l'ai compris, mais trop tard.

Nous avions eu notre lot d'histoires contondantes et amères, notre lot d'aventures – qui n'en portaient que le nom –, ramassis protéiforme de circonstances plus ou moins glorieuses, où nous nous étions retrouvés en situation de franche intimité avec des inconnus qui auraient parfois gagné à le rester.

Je vivais notre histoire comme un miracle, une manifestation tangible de la bonté divine, de la main de la Providence ou des lois du hasard. Il me semblait qu'enfin les méandres, les sinuosités, les replis de ma propre vie allaient, avec toi, se déployer, à la manière dont les jeunes gymnastes aux corps d'enfants, visages graves et justaucorps pailletés, déroulent un ruban fixé à un bâton en lui faisant décrire d'étourdissantes arabesques.

À cette époque, j'habitais près de la gare de l'Est un petit deux-pièces sous les toits, mon refuge. Pour te rejoindre à Montparnasse, rue d'Odessa, je prenais la ligne 4, la rose foncé sur le plan. Treize stations nous séparaient. Dans ce chiffre je voyais, selon l'état de notre relation, un signe de chance ou un funeste avertissement. Tout comme le plan du métro m'évoquait, en fonction des jours et des heures, l'entrelacs des lignes de la main, l'arborescence rouge sang d'une gorgone ou l'enchevêtrement d'un réseau de capillaires. Une résille complexe, traversée de quelques évidences. Notre géographie amoureuse finit donc par s'établir selon un axe nord-sud. Deux piliers autour desquels s'enroulèrent les volutes incertaines de notre histoire.

J'écoutais en boucle dans mes oreillettes la voix grave et ombreuse de Leonard Cohen me murmurer *Dance Me to the End of Love*, caresse et mantra tout à la fois.

Oui, j'aurais voulu vivre avec toi une longue et belle histoire, avec ses inévitables énervements, ses malentendus, ses colères et ses réconciliations. Nous aurions, bien sûr, maîtrisé l'art incomparable de préserver notre couple de l'essoreuse du quotidien, telle une orchidée rare dont nous aurions été les jardiniers, humbles autant qu'émerveillés. Foutaises !

Quand il est occupé à une peinture, enchaîné devrais-je dire, Monsieur La Tour ne connaît plus le monde autour de lui. Ni Étienne ni moi n'existons davantage qu'un tabouret ou que le soufflet pour attiser le feu. Souvent, je dois aller lui chercher son repas et le lui apporter, car il n'est pas d'humeur à entendre les querelles domestiques ou les doléances des uns et des autres. La maison n'est pas assez chauffée, la nourriture est chiche, son épouse réclame de l'argent ou veut l'entretenir de je ne sais quoi. Il ne peut rien entendre dans ces moments-là. Il se contente d'avaler le contenu de son assiette avec un pichet de vin sans quitter la toile des yeux. Son regard semble descendre jusqu'à des profondeurs inhumaines qui parfois me terrifient. Une fois sa composition achevée, les mots me manquent pour en dire la douloureuse beauté.

C'est saint Sébastien que Monsieur La Tour a en tête de peindre. Il m'a expliqué comment disposer les quelques accessoires nécessaires, je vais faire de mon mieux. Très peu de choses en fait, comme toujours. Une grande lanterne de métal *dont il faudra entretenir la flamme, une pièce de laine rouge sombre en guise de toge et un casque romain qu'on devinera à peine, si j'ai bien compris.*

Tout est allé vite entre nous. Les corps emportés dans une accélération impossible à maîtriser, qui se cherchent, se possèdent et se reprennent. Là n'est pas le risque, même si céder à ce vertige, à cet étonnement, inscrit toujours en nous de nouvelles et invisibles traces. Tu avais un corps comme j'ai toujours aimé, grand, fort, accueillant. Je n'y ai pas résisté. Et j'étais prise. J'ai deviné, j'ai soupçonné chez toi des vies antérieures incandescentes et des feux mal éteints ; mais je ne savais pas que tu vivais dans un brasier.

Trop tard. Je me suis perdue dans ta souffrance, jusqu'à ce moment où j'ai pris conscience de la mienne ; j'ai voulu te guérir et je n'y suis pas parvenue. La flèche était enfoncée trop profondément, et j'ai compris, trop tard aussi, que tu ne désirais pas vraiment t'en débarrasser, plus effrayé encore par le vide qui allait prendre sa place que par la douleur qu'elle te causait.

Au côté de l'attente est venue une autre apparition, là encore quelque chose d'inexploré jusque-là. Je me découvrais instrument de musique dont je déchiffrais jour après jour les infinies nuances, les mille chromatismes possibles, les mille sonorités à inventer, après l'avoir utilisé de façon rudimentaire. Je fis aussi connaissance avec l'ennui.

Je me croyais vivante, curieuse, enthousiaste, légère parfois, et je me découvrais étrangère à ce qui n'était pas toi, éprouvant l'ennui sans fond des heures sans toi. Une fine couche de cendres se déposait aussitôt sur le temps que nous allions passer séparés, opacifiant tout ce qui pouvait me réjouir ou me combler. Sans toi, j'étais incomplète.

Pour te gagner, j'ai accepté de me perdre, d'égarer une partie de moi-même, dans un joyeux mouvement de mutilation volontaire et inconsciente. Mon univers se resserrait, comme consumé, aspiré de l'intérieur, façon tête réduite jivaro. J'avais perdu l'humour, le sens de la distance, l'indépendance, la curiosité, l'amitié, le goût des voyages solitaires, la disponibilité à l'air du temps. La reconquête a été lente. Je ne suis toujours pas certaine de l'avoir réussie.

Ce moment que je redoutais par-dessus tout : celui où tu partais de chez moi, avec le bruit mat de la porte refermée, un bruit de couperet, un bruit de tranchoir qui déclenchait le décompte des heures jusqu'à notre prochaine rencontre. Tu me laissais dans un temps suspendu, sur un pont ébauché au-dessus d'un fleuve dont je ne pouvais distinguer l'autre rive, laissée dans un brouillard qui ne permettait pas d'évaluer sa juste distance. Un odieux moment de transition, passage d'un avec toi à un sans toi, que je redoutais chaque fois un peu plus.

Chez toi, ce détail qui m'avait frappée. Ta porte rarement fermée à clé. Ça te ressemblait, cette porte ouverte, mais je n'ai jamais compris s'il s'agissait de ta part d'une possibilité d'accueil toujours offerte, d'indifférence ou de négligence. Peut-être tout cela à la fois, après tout.

J'ai repensé à ta façon d'être. Distraite, elle aussi. Tes affaires, ton téléphone, tes clés, tes lunettes, tes papiers, sans cesse dispersés, égarés ou perdus, et tes énervements, tes impatiences, face au temps passé à régler les conséquences de ces distractions, mais tu ne savais ou ne voulais faire autrement. Dès que tu sortais de ton univers professionnel qui dévorait toute ton énergie, toute ton attention, tous tes efforts d'urbanité, d'écoute et de patience, tu lâchais tout. Je trouvais ça terrifiant de te voir donner le meilleur de toi-même à des affaires qui te demeuraient extérieures, mais tu n'avais pas le choix, je le savais.

Je me souviens de ton incompréhension, parfois, envers mon propre travail qui n'exigeait pas de se soumettre à des rigidités collectives et qui, à tes yeux, ressemblait presque à un loisir, à une activité d'appartement comme la couture, la broderie ou l'art floral.

Tu ne pouvais pas comprendre la discipline personnelle décuplée que cela exigeait, la solitude des journées passées devant l'ordinateur, les repas en tête à tête avec l'écran, la difficulté de me concentrer face aux mille tentations extérieures, la nécessité de m'inventer des horaires et des objectifs, de devoir tenir des délais le plus souvent irréalistes, d'accepter des tarifs de misère, et surtout cette angoisse permanente de ne plus recevoir de commandes, et de devoir régulièrement me manifester auprès des entreprises ou des éditeurs qui m'employaient pour que l'on ne m'oublie pas, ce que je vivais toujours comme une humiliation.

Coups de téléphone chaque jour reportés, voix blanche et bafouillage de rigueur, indicible soulagement lorsque j'étais spontanément sollicitée, avec une préférence pour les travaux longs et compacts qui repoussaient aux calendes grecques la nécessité de me signaler de nouveau. Je m'effaçais derrière les mots des autres, comme je me suis effacée pour toi dans ma propre vie.

Penser à convoquer le notaire pour modifier le contrat de fermage des terres de Vic-sur-Seille. Il me faut davantage sur les prochaines récoltes, je crois que l'on m'a grugé sur les deux dernières moissons, l'orge a donné comme rarement et les boisseaux qui m'ont été livrés m'ont semblé bien peu. Il faut avoir l'œil à tout, c'est un travail sans relâche. J'aimerais aussi acquérir un jour la commanderie Saint-Georges, à la sortie de la ville. Il faut que j'en fasse demander le prix et estimer ce qu'elle peut rapporter. J'aime cet ensemble de pierre et de bois qui domine la plaine, avec ses tours dans les angles. Si mes toiles continuent à être aussi demandées qu'aujourd'hui, ce sera bientôt chose possible.

Je suis épuisé, ce matin, de cette grande colère qui m'a pris contre un sergent de ville. Il entendait m'interdire l'entrée de la ruelle du Pot-de-Fer pour je ne sais quelle obscure raison, qui d'ailleurs m'indiffère. Je n'avais pas l'intention de me détourner de mon chemin. Son air d'importance, posé au-dessus d'un ventre de buveur de bière, m'a échauffé le sang. Je l'ai frappé, oui, rossé même, à coups de canne ferrée, il était au sol avant même de comprendre ce qui lui arrivait. Si c'est par de tels individus que nous sommes protégés, le pire est à craindre.

Il est vrai que je m'emporte vite. Je l'ai frappé alors qu'il était déjà à terre et j'en ai tiré une sombre jouissance. Je l'avoue. Je me sens aujourd'hui écœuré de ce geste, digne du pire des malfrats. Mais ce qui est fait est fait. J'ai chassé Étienne et Laurent de l'atelier tout à l'heure, les priant d'aller me rendre quelque service à l'autre bout de la ville. Je veux être seul.

Mon Sébastien aura les traits de Jérôme, le fils aîné de nos voisins, les Keller, des tisserands. Il a en lui une certaine douceur et c'est un garçon bien bâti, comme devait l'être, j'imagine, ce jeune Romain converti. C'est du moins ainsi que je me le représente, avec son corps martyrisé, guéri par Irène avant de subir un second martyre en allant reprocher à l'empereur Dioclétien ses brutalités envers les chrétiens. Ses soldats l'ont battu à mort. Aurais-je eu le centième de son courage pour défendre ma foi ? Je n'en ferais pas le serment.

Nous nous tournons vers lui afin qu'il nous protège de la peste, pour qu'elle nous épargne ou que nous puissions lui survivre. Puisque son corps a su résister aux traits d'acier qui l'ont transpercé, nous pensons qu'il saura intercéder pour nous, face à ce fléau qui s'abat sur nous avec la même violence que les flèches romaines dans sa chair.

Il sera peint dans une pose semblable à celle du Christ déposé de la croix, sans exagérer la souffrance sur ses traits. Pas envie non plus de le montrer transpercé de mille flèches, semblable à un hérisson. C'est trop pittoresque, dramatique à peu de frais. Je laisse cela à ceux qui ont besoin de tout un attirail pour démontrer ce qu'ils veulent. Mon atelier n'est pas une boutique d'armurier ni de ferblantier.

Ni colonne du supplice ni liens rompus, non plus. Trop facile. On devinera seulement, dans la nuit, le reflet d'un casque romain, et à terre le tissu d'une toge froissée. C'est assez.

Il ne lui restera qu'une flèche, dans la cuisse, celle qu'Irène cherchera à lui retirer. Toute la lumière se concentrera autour des mains de la jeune fille et de ce trait, et l'essentiel sera ce visage de compassion, d'intense attention que montrera Irène. Le visage de Claude, mon aînée, sera à même d'épouser cette expression. Elle lui est naturelle. Elle possède cette bonté et cette patience qui émeuvent le père que je suis, mais dont je me sais si peu capable, hormis lorsqu'il s'agit de mon art, pour lequel je donne le meilleur de moi-même.

Nul ne se souviendra de l'homme imparfait dont la main a tenté d'approcher le mystère de l'amour. Il sera redevenu poussière depuis longtemps alors que ses compositions s'offriront encore au regard de chacun. C'est là l'essentiel. L'homme et sa vie terrestre se seront effacés des mémoires. C'est bien ainsi.

Je n'ai pas voulu entendre ni comprendre. Je pensais que tu parviendrais à guérir. À guérir d'elle. À guérir de toi.

Ton visage de Christ mort dans ton sommeil. Et moi, comme une orante à tes côtés.

J'ai fini par comprendre. Un peu. Puis trop. Tes zones grises, tes zones d'ombre me sont devenues familières. Périlleux voyage sans visibilité, tous repères abolis.

Je regarde à la dérobée Maître de La Tour tracer les contours de la scène. Je ne peux m'en empêcher. Il n'aime pas qu'on épie son travail en délaissant celui qui nous a été confié. Il m'a sévèrement puni une fois pour cette raison, pourtant je suis heureux ici.

La perte de ma famille reste une plaie ouverte et le manque que j'ai d'eux me torture encore bien souvent. Je sais que c'est un sort partagé par presque tous. Il y a quelques années, un serviteur de la maison et un des enfants du Maître ont été victimes de l'épidémie de peste, eux aussi, mais c'est une chose dont on ne parle pas dans cette demeure. Peut-être est-ce pour cette raison que mon sort l'a ému, lorsque j'ai répondu à ses questions et qu'il a compris la cause de mon malheur.

De tout mon cœur, de toute mon âme, je vais faire ce que je peux pour assister le Maître dans ce travail. Saint Sébastien est celui que nous invoquons pour nous protéger du fléau de la peste, car il a survécu aux flèches, dans lesquelles nous voulons voir aujourd'hui une représentation de la violence de l'épidémie. Le choix de ce sujet parle à chacun de nous. Si nos prières parviennent à Dieu grâce à son intercession, peut-être prendra-t-Il enfin pitié de nous et nous offrira-t-Il sa miséricorde en nous épargnant. Quel autre recours avons-nous, sinon de toujours croire en son infinie bonté, même si ses manifestations demeurent à mes yeux une insondable énigme ?

Je viens d'apprendre que Jérôme, le fils des Keller, posera en saint Sébastien. C'est ce que m'a dit Étienne, dont il est un ami. Il sera représenté presque allongé, vêtu d'un simple linge autour des hanches, la flèche lui traversant la cuisse. Je connais bien Jérôme, il sera étrange de le retrouver avec Claude sur le même tableau, dans ces poses de théâtre que nous sommes seuls à connaître. Dans la vie, c'est un garçon agréable, tranquille, qui ne cherche querelle à personne et aime ce que la vie peut lui offrir de plus plaisant. Rien à voir avec un martyr de la foi, mais c'est sans importance, rien ne transparaîtra sur la toile. Marthe, la fille d'une des servantes de la maison, sera la troisième figure, celle qui porte la lanterne dont la lumière éclaire la scène. J'essaie d'imaginer l'ensemble, mais je suis certain que cela n'a rien à voir avec la composition que le Maître a en tête.

J'ai déchiré mes esquisses sur papier et je les ai données aux flammes qui les ont dévorées en quelques instants. L'image que je porte en moi est nette et c'est sur cette toile que je veux la voir maintenant. J'ai beaucoup réfléchi à l'expression de Marthe, la jeune servante qui portera la lumière. Il s'agit d'un personnage secondaire mais indispensable à l'équilibre de l'ensemble, et jusqu'à ces derniers jours son image m'échappait. Enfin, j'ai trouvé. Elle est un témoin. Elle éclaire la scène mais s'en détourne. Elle n'est qu'effroi. De ce qu'elle voit, ou d'un sentiment neuf qu'elle devine chez Irène. Elle cache en partie son visage dans un linge roulé en boule. Ce n'est pas elle qui devrait être la plus terrifiée, mais je tiens à montrer ce sentiment, car c'est celui que nous éprouverions tous à ce moment-là.

Jérôme a accepté de poser en saint Sébastien et j'en suis heureux, parce que c'est sous ses traits que je le voyais pendant que je peignais Irène. La première séance a été éprouvante, car il n'a pas l'habitude de cet exercice, et l'immobilité exigée lui a été un supplice. En outre, il tremblait de froid, les hanches ceintes d'un simple linge, et j'ai dû faire ajouter des bûches dans la cheminée de l'atelier, mais sa crispation ne permettait pas cet état d'abandon que j'attends de lui. Il reviendra demain, je crois qu'il a saisi ce que je désire. Tout prend forme. Qui guide ma main ?

Tes soudaines absences. Tes sautes d'humeur. Ces coups de fil sans fin. Je savais par cœur ta façon d'écouter, tendue, concentrée. Tu disais quelques mots, puis tu arrêtais, tu écoutais à nouveau avec l'air d'un enfant pris en faute, et dans ces moments-là tes doigts martyrisaient ce qu'ils rencontraient, une feuille de papier, un emballage, un stylo, un magazine, une boîte d'allumettes. Sans le vouloir, je comprenais l'essentiel de ton espagnol impeccable, un tout petit peu plus soigné que celui parlé dans la rue. Il était question d'argent, toujours. Tu disais que tu ne pouvais pas, que tu voudrais bien, mais que tu ne pouvais pas. Et puis tu pouvais, finalement. Et tu t'acharnais davantage encore sur la boîte d'allumettes ou sur les magazines. Je sortais de la pièce, ou je m'éloignais, ou je m'enfermais dans la cuisine en allumant la hotte aspirante, ou dans la salle de bains en faisant couler l'eau, pour ne plus rien entendre. Ton visage fermé après ces conversations, ton regard perdu, tes mains qui cherchaient encore un objet sur lequel se poser. Un point fixe. Je sentais alors s'enclencher en toi un mécanisme complexe et grinçant d'engrenages et de poulies, dont la mise en mouvement involontaire faisait ressurgir ce que tu essayais d'oublier. Tant de silence, entre nous, après.

La consultation compulsive de ton écran de téléphone. Tu disparaissais sans dire où tu allais, et je ne posais pas de questions. Ne pas peser. Je m'en faisais une règle de vie. J'ai compris plus tard qu'il y entrait, au-delà de cette crainte panique de ne plus être aimée si je venais à déranger, une solide part d'orgueil.

Ce n'est pas grâce à toi que j'ai compris. On m'a un jour jeté à la tête, sans le vouloir, les clés de ton histoire. La mère d'un ami d'enfance que tu m'avais présentée, je ne sais plus dans quelles circonstances, mais tu n'avais pas dû pouvoir faire autrement, je suppose. Je ne me souviens pas non plus pour quelle raison je m'étais retrouvée un moment seule avec elle. Elle m'avait aussitôt prise pour confidente. *Ça m'a fait plaisir de revoir B., je ne l'avais pas vu depuis son mariage, et ça me ferait bien plaisir aussi de revoir la petite.* Je n'avais rien pu répondre, j'étais dans un état de totale sidération intérieure.

En voyant ma palette couverte de ce brun que je vais utiliser pour brosser le fond, je repense à ce peintre dont j'ai pu voir les œuvres à Rome dans ma jeunesse. Michelangelo Merisi da Caravaggio. Certains de ceux qui furent ses compagnons, ou qui le prétendaient pour se revêtir d'un peu de sa gloire, l'évoquaient avec de l'admiration dans la voix. Joueur, semble-t-il, buveur, bretteur, sale, violent, sans manières, et de mœurs honteuses, ne fréquentant que prostituées et jolis garçons.

J'ai pleuré devant sa *Vocation de saint Matthieu*, devant sa *Conversion de saint Paul* et sa *Madone des pèlerins*. Oui, pleuré. Il est le plus grand d'entre nous, car il s'est montré le plus humain en choisissant ses modèles parmi les très humbles. Sur le chemin du retour, ses toiles n'ont cessé de me hanter. Leur souvenir est le fanal qui m'a toujours éclairé. Aujourd'hui, je sais ce que je veux peindre. Peindre le silence, le temps arrêté, l'appel d'une voix dans la nuit, la lueur qui nous guide. Peut-être est-ce beaucoup d'orgueil de vouloir arrêter le temps, ne serait-ce que sur la modeste surface d'une toile. Ce que j'ai à peindre maintenant se résume à peu de choses. Je ne renie pas mes bohémiennes, ni mes tricheurs, mes mendiants ou mes musiciens. Je les crois vrais, et si la possibilité m'en était offerte, je n'y apporterais aucun repentir. Ils étaient ma vérité, au moment où je les ai peints.

Qu'on me rende cette justice : je n'ai jamais posé le pinceau sur la toile si je n'avais l'absolue conviction de devoir le faire, de cette manière-là, à ce moment-là. C'est ma fierté, tant d'homme que de peintre.

C'est la raison pour laquelle je ne veux pas avoir à flatter un visage sur commande, à estomper une verrue ou à embellir une chevelure, ni à ciseler les ornements d'une épée ou les perles d'une parure, dans la seule nécessité de plaire à celui qui me paie.

Je n'ai pas de patience pour ce genre d'exercice ; je ne sais pas combien de temps encore le Créateur est décidé à me laisser vivre, et je ne veux pas le gaspiller à peindre de telles futilités. Si je dois comparaître sur l'heure, je veux être prêt à témoigner que j'ai mis tout mon art au service de cet amour fait de lumière et de mystère qu'Il nous dispense. Peut-être cela rachètera-t-il quelques-uns de mes péchés, car ils sont nombreux, c'est là une de mes seules certitudes.

Je peux en dire certains, comme celui-ci qui demeure avouable, ce qui n'est pas le cas, loin s'en faut, de toutes les faces de mon existence : j'aime la chasse de façon immodérée, les chiens, les chevaux, j'aime ces matins frais d'automne où l'on prépare les bêtes dans l'agitation de la meute et l'excitation des hommes. Les cris, les aboiements, toute cette vie qui se met en mouvement à l'assaut du jour, les flacons de vin et d'eau-de-vie qu'on serre dans les paniers à côté des pains encore tièdes et des jambons. J'aime les nuances des robes des chevaux et celles des pelages des chiens qui se mêlent aux couleurs de la saison, ces bruns, ces rouges qui composent ma palette. J'aime à chevaucher, sans me soucier si je ruine là des moissons à venir, jusqu'à ce que le corps n'en puisse plus, fesses, mollets et cuisses à vif malgré l'épaisseur des étoffes et des cuirs. J'aime le froid et le vent qui harcèlent le visage à nous en faire demander grâce, et aussi ce moment où les chiens se repaissent des entrailles chaudes de la bête qu'ils ont forcée depuis l'aube. Dans ces moments-là, je me sens si vivant, si fort.

Comme la bougie se nourrit d'air pour éclairer, je crois avoir besoin de tels moments pour parvenir à descendre toujours plus loin en moi lorsque je suis devant une toile. Peut-être est-ce absurde, mais c'est ainsi que je règle ma vie et ne sais faire autrement.

Situation banale, tout compte fait, tellement banale. Tout aurait été si simple si tu me l'avais dit dès le début. Mais cela t'était impossible, puisque le dire aurait été l'admettre. Ne pas le dire, c'était faire comme si cette réalité n'avait jamais existé.

Tu avais pris l'engagement de faire revenir ton épouse et ta fille en France, d'au-delà des océans, où tu vivais aussi, peu de temps auparavant. Elle t'avait quitté, mais tu lui avais promis de l'aider à s'installer à Paris, de lui trouver un travail et de t'occuper de ta fille. Un peu. Comme tu pourrais. L'arrivée de l'enfant blonde, que long-temps après tu m'avais montrée en photo, t'avait décontenancé. Perturbé. Tu avais dû apprendre à devenir père plus vite que tu ne l'aurais sou-haité. Tu faisais ce que tu pouvais, avec inquié-tude et application.

Tu étais dévasté par cette histoire, par cette femme qui t'avait rejeté. Tu l'avais déçue, ou lassée, ou il s'agissait d'autre chose, mais elle ne voulait plus de toi, ni dans sa vie ni dans son corps. C'est alors que tu t'es mis à me parler, et tes paroles ont été à la hauteur de ton mutisme. À quel moment doit-on dire que l'on ne veut plus rien entendre ?

Cette femme était belle, une artiste, avec du talent et une allure de reine. De celles à qui le monde appartient, à qui le monde doit ce qu'elles désirent. Je n'étais pas armée pour lutter.

J'ai parfois un motif d'être chagriné ici. Je me raisonne et me dis qu'un jour je n'aurai plus à subir Étienne, le fils aîné, apprenti comme moi. Ce sera un déchirement de quitter cette maison, mon seul foyer, mais ce sera aussi un jour béni lorsque je n'aurai plus affaire à ce garçon. Peut-être est-ce en partie à cause de lui que l'idée d'un départ me taraude tant, comme une fenêtre ouverte qu'il suffirait d'enjamber pour être libre.

Les relations sont difficiles avec lui, il est le fils aîné et le premier apprenti du Maître dont il reprendra l'atelier le jour venu, en bénéficiant de son art et de sa renommée. Je ne sais quand ce jour viendra. Depuis plusieurs années, son père ne confie à Étienne que des fonds à peindre, parfois quelques détails mineurs qu'il exécute fort mal et qu'il faut corriger dans son dos. Il ne mani-feste ni intérêt ni dispositions pour le dessin et la peinture, je devine que c'est une source de tracas pour son père. Il ne voit dans notre travail qu'une source de revenus et de gloire. Comment peut-on vivre auprès de telles œuvres et demeurer aussi aveugle ?

Si risible que ce soit, je le soupçonne de m'envier ; je le vois au regard mauvais qu'il pose sur mon travail ou qu'il jette à son père lorsque celui-ci me confie des tâches un peu délicates, alors que lui en demeure privé. Je n'y puis rien. Plus d'une fois, je sais qu'il a gâché mon travail par des coups de brosse qui ont détruit ce que j'avais fait. Méchanceté, jalousie ou désœuvrement, je ne sais. Ou tout cela à la fois. S'il était un apprenti de ma condition, nous aurions réglé l'affaire aux poings sur un terrain vague à la sortie de la ville et je lui aurais fait passer l'envie de recommencer. Depuis l'enfance, je sais me battre, même si je ne m'y résous qu'à contrecœur. Il m'a fait comprendre que, si je voulais éviter de connaître à nouveau de tels désagréments, il me faudrait l'aider à s'acquitter de sa charge de travail à l'atelier. Le Maître ne s'aperçoit de rien, et c'est bien ainsi. Il en aurait de la peine, je le sais. Mais je sais aussi que c'est à son fils qu'il donnerait toujours raison, quoi qu'il en pense.

Avec le temps, avec Étienne, nous sommes donc arrivés à une sorte de paix armée. Cent fois j'ai dû lui apporter mon concours pour mener à bien ce qui lui avait été confié. Nul merci, mais le loisir de poursuivre mon apprentissage en paix, ce qui vaut toutes les richesses du monde.

Progresser. C'est mon unique désir. Devenir peintre, moi aussi. Apprendre, et un jour créer les tableaux que j'imagine déjà. C'est une longue route, mais la seule qui m'importe.

Tu te montrais attentif, présent, tendre. Nous étions bien ensemble. Mieux que bien. Je t'aimais, et il me semblait voir arriver le moment où cela deviendrait réciproque. Je te laissais venir, à ta façon, à ta vitesse, sans rien demander, sans rien brusquer, comme on laisse s'approcher de soi un cheval au pré.

Tu m'aimais beaucoup. Tu ne m'aimais pas. Je pensais que ce terrible mot de trop finirait par disparaître. Je t'aimais tellement qu'il ne pouvait en aller autrement.

Tu te souviens, une de ces rares fois où nous avions quitté Paris ? C'est mon meilleur souvenir avec toi. Nous avions beaucoup roulé, et pris une chambre dans le village où nous nous étions arrêtés. Au matin, c'est le bruit de la pluie qui nous avait réveillés. Je ne savais plus où nous étions. Qu'importe, nous étions ailleurs, dans un monde vierge.

Au bord de l'éveil, j'avais réalisé que c'était une pluie d'ailleurs. Rien à voir avec celle, fine, serrée, qui faisait grelotter les rambardes de mon balcon métallique. C'était un jaillissement sonore et gai, bruyant et insistant. Une sonorité beaucoup plus sourde, ample, qui paraissait à la fois proche et perdue au loin. Quelque chose d'épais et d'enveloppant. Pas de ricochet ni de bruit de tambour, façon caisse claire et jazzy. L'eau qu'on entendait ruisseler autour de nous semblait aussitôt absorbée par le sol, destinée à s'y perdre, emportant dans les profondeurs quelque chose d'un tambour basse déchaîné, frappé à mains nues par un batteur fou. C'est à ce bruit que je me suis souvenue que nous avions quitté nos repères.

Les yeux encore fermés, j'avais essayé d'ajuster les battements de mon cœur à ceux de la pluie.

En remontant avec lenteur, par paliers, de cette longue apnée qui me laissait le dos, la nuque, les bras, les jambes lourds et endolo- ris, des bribes des derniers jours sont passées fugitivement sous mes paupières, comme des filaments de rêve, jusqu'à dessiner une mosaïque hésitante, incomplète et floue, à laquelle, seconde après seconde, de nouveaux éléments sont venus s'agréger, comme aimantés par les précédents, pour définir cet ensemble avec plus de précision. Je me réveillai à ton côté. Ce fut avec toi ma scène primitive, fondatrice. J'étais réconciliée avec l'univers.

Quelle nouvelle, aujourd'hui ! J'en suis tout retourné. Je viens d'apprendre que dès demain matin Claude viendra poser à l'atelier. Je ne m'attendais pas à ce que ce soit si rapide, mais le Maître sait ce qu'il fait. Je ne sais si je dois me réjouir de cette perspective ou m'en alarmer. Cette idée est une torture et un ravissement à la fois.

Il me plaisait sans me convenir. Dans quel livre avais-je lu cette phrase ? Les livres savent de nous des choses que nous ignorons.

Je prenais ta gentillesse pour de l'amour et ta lassitude pour de la vraie fatigue. Je me contentais de miettes et faisais semblant de me satisfaire de ces bribes d'affection, de ces copeaux que tu laissais tomber autour de toi avec négligence. Je les prenais pour une pluie d'or. Je me mentais. Les dieux aveuglent ceux qu'ils veulent perdre, dit-on.

Je n'étais pourtant pas, comme on dit, tombée de la dernière pluie. Il faut croire que si, un peu, quand même. Depuis toujours, je crois, j'étais familière du coup de vent de travers, de la mauvaise vague, du grain noir. Même pas peur de sortir par gros temps. Que je croyais. Je n'avais encore rien vu.

Les arcanes et les figures du désir, un dédale que nous parcourions éblouis, avec ardeur, emportement, et jusqu'à la douleur. À chaque fois que tu t'abîmais en moi, cette illusion de croire que nous avancions, allons, j'ose le dire, vers un destin partagé.

Je sais que je ne t'ai pas perdu. Pour perdre, il faut posséder. Tes sentiments ne m'ont jamais appartenu, ni quoi que ce soit de toi.

Mon regard scrute le tableau. Je vois les mains qui émergent de la nuit et semblent danser autour de la blessure, dans ce geste si limpide que je détourne les yeux, aveuglée.

Ma fille a posé pour la première fois ce matin. À la fois intimidée et impatiente. Elle a tout regardé dans l'atelier, y compris le travail de son frère Étienne et celui de Laurent, puis elle s'est installée comme je le lui ai indiqué, dans une parfaite immobilité. *Pense à ce que tu as de plus cher, et regarde-le comme un trésor.* Elle a posé délicatement les doigts sur la hampe d'une flèche imaginaire, un simple pinceau, et nous avons cherché ensemble la meilleure position de ses mains. Nul Sébastien allongé nu devant elle, bien sûr, mais un fruit, une pomme, pour simuler la chair transpercée. Elle a montré beaucoup d'application, sentant que c'était important pour moi.

Je l'ai déçue en refusant de lui montrer la première ébauche, en recouvrant le tableau d'une toile de lin, mais je lui ai dit que je procède toujours ainsi. Je me réjouis du moment où elle découvrira l'ensemble achevé. L'idée de surprendre son expression à cet instant est une joie à venir, et plus encore pour le père que pour le peintre.

Claude m'a confié hier soir qu'elle n'aurait jamais pensé qu'il était si difficile de poser. « Si tu savais comme j'ai souffert, Laurent ! J'en suis toute courbatue. » Je reconnais que l'immobilité absolue est chose exténuante, proche de l'impossible. Souvent, nous croyons que nous ne bougeons ni pied ni patte, mais il n'en est rien. Le peintre doit pouvoir faire aller et venir son regard et sa brosse entre le modèle et la toile, et trouver toujours en face de lui la même attitude, le même angle de la tête, la même position du corps, des bras et des mains. Je l'ai rassurée, Maître de La Tour avait l'air satisfait, c'est l'essentiel. J'imagine que demain elle se sentira déjà plus à son aise et qu'elle retrouvera avec plus de facilité cette attitude d'extrême attention que l'on exige d'elle. Pauvre Claude ! Elle si vive, si légère, toujours en mouvement, j'imagine sans peine son supplice ! Il va falloir qu'elle sente d'elle-même la pose juste, je lui ai conseillé de respirer très doucement, profondément, tout en restant souple. Je sais qu'elle y parviendra.

Elle m'a confié un souvenir aussi, quelque chose qui lui ressemble bien. Une promenade avec son père, un moment rare, où il lui avait montré ces minuscules fleurs roses, arrangées en grappes légères autour d'une longue tige. Il lui avait dit qu'elles étaient si ténues que même en l'absence du moindre vent elles ne cessaient de s'agiter, et que pour cette raison on les nommait « désespoir du peintre » ; cela l'avait fait sourire. « Tu vois, Laurent, j'en comprends la raison maintenant, et je ne voudrais pas leur ressembler ! »

« Pense à ce que tu as de plus cher au monde. »
C'est ce que le Maître lui a dit ce matin, lorsqu'elle
était penchée sur ce pinceau fiché dans une
pomme. Je crois deviner, et avec une grande tris-
tesse, que cette pensée ne lui est pas difficile, mais
douloureuse, et je crains de la voir s'effondrer en
sanglots devant nous. Je ne sais pas quelle serait
ma réaction.

Une idée, soudain, en observant à la dérobée le
regard du Maître tourné vers elle. Je ne sais si c'est
Claude ou Irène, son enfant ou son modèle, qu'il
peint. Ni s'il lui aurait porté une telle attention,
un même intérêt, si elle ne lui était utile pour
l'accomplissement de ce travail.

J'ai aimé ta voix. Peut-être ne t'ai-je aimé que pour ta voix, après tout. Chaude. Ardente. Une voix de sang, de muscles, de tripes, de sexe. Ta voix comme une flambée, une brûlure, un embrasement, une irradiation.

Avec toi, je me sentais aussi démunie que si je n'avais jamais aimé.

Humeurs et pensées sombres ce matin au réveil, je ne sais pourquoi, puisque mon Sébastien, pour le moment, prend bonne forme. Notre monde est un théâtre agité, mouvant, fait d'appétits désordonnés et de désirs inavouables. Le malheur y règne en maître. La Mort y danse sa gigue macabre, faisant tournoyer sa faux en tous sens, cisaillant tout ce qui se trouve sur son passage.

Depuis tant d'années nous subissons la guerre. Comment chasser de notre esprit ce qui ne nous accorde aucune trêve, aucun répit ? Elle s'accroche à nous et hante chacune de nos pensées, se devine derrière chacun de nos actes. Les passions politiques et religieuses ne savent que s'affronter dans le sang, avec leur sinistre cohorte de maux, famines, épidémies, bandes armées de reîtres, ces soudards qui pillent et massacrent, comme si le monde était à la disposition de leurs plus bas instincts, telle une mine d'or à ciel ouvert. La pitié a déserté notre temps. Je ne sais si nous pourrons rester encore longtemps à Lunéville, menacée d'incendie et de pillage. À chaque coin de rue, on peut entendre les récits les plus épouvantables qui peuplent l'âme d'images de cauchemar. Peut-être nous faudra-t-il gagner Nancy, pour la sécurité de tous. L'idée de quitter mon atelier me coûte, j'y ai tous mes repères, depuis si longtemps, je sais heure par heure quelle lumière il y fait, et sa cheminée arrondie, bien que grossière dans sa forme, m'évoque le four à pain de mon père à Vic. J'imagine que ce goût du feu et de ses couleurs me vient de ces premières images de l'enfance.

Femmes enceintes éventrées, enfants violentés et dépecés, on a vu, paraît-il, des villageois dévorer la chair de cadavres. On m'a rapporté il y a peu une terrifiante histoire que je n'ai pas osé raconter à Diane. Dans un village voisin, deux femmes, une mère et sa fille, rendues folles par la faim, se sont défiées au couteau, la victime devant, selon leur épouvantable accord, finir au saloir. Et c'est ce qui est arrivé, mais celle qui a tué a été dénoncée par des témoins horrifiés, puis arrêtée et pendue. Je ne peux comprendre une telle chose ni imaginer que la souffrance, la misère, à ce point, peuvent nous faire perdre tout sens commun. Partout le long des routes les arbres ploient sous la charge de leurs sinistres fruits. Ceux qui échappent aux massacres et aux gibets sont rattrapés par la faim ou la peste. Seuls les corbeaux engraissent. Quand cela prendra-t-il fin ?

Claude descend nous rejoindre chaque jour et se plie aux demandes de son père avec la meilleure grâce du monde. Son visage, son attitude, tout en elle n'est que beauté et douceur. Peu à peu, rester immobile lui devient plus facile. On a l'impression que son corps, son attitude, son expression se prêtent de mieux en mieux au sujet du tableau. Soigner, guérir, apaiser la douleur. Je comprends le choix de son père.

Jour après jour, je regarde son visage qui semble passer, peu à peu, comme par miracle, de la réalité de notre atelier à la surface de la toile. C'est troublant. Même Étienne ne peut s'empêcher, de temps à autre, de glisser un coup d'œil dans cette direction.

J'ignore quel aspect aura ce tableau, une fois achevé, mais il me semble que Maître de La Tour est au meilleur de son art. Je prends la mesure de ce que je ne possède pas, et ne posséderai jamais. Il n'y a pas que le travail qui permette d'approcher une telle perfection. Cette admiration que j'éprouve se mêle d'amertume, à la façon dont on voit un rêve s'éloigner au réveil, et dont le souvenir nous poursuit tout le jour.

Je n'ai qu'un peu de beauté à offrir au monde, celle du tremblement d'une flamme dans la nuit. Peut-être est-ce dérisoire, mais c'est mon seul talent. Je ne veux plus peindre à la lumière du jour, qui ne sait éclairer que terreur et désolation. C'est au creux de mon atelier, dans ce refuge, que je cherche à donner vie à cette lumière qui m'appelle et m'accompagne.

Je suis un piètre témoin de mon temps, mais notre lot quotidien est lourd à porter, ici, en Lorraine. J'en suis comme chacun réduit à espérer que les grands qui nous gouvernent se lasseront un jour de ces scènes d'épouvante dont ils sont les auteurs et que leur cœur se portera enfin à faire le bien pour leurs sujets. Je ne peux concevoir que ce soit la volonté de Dieu, mais je ne suis qu'un artiste, au sombre de son atelier, au cœur d'une terre martyrisée ; je ne sais pas juger de ces choses-là.

Nous voici déjà dans la semaine sainte ; le premier office des ténèbres vient d'avoir lieu. La beauté triste, poignante, de ces chants qui s'élèvent sous la voûte m'atteint au plus profond de moi. En de tels instants, je me sens, plus que jamais, humble et pauvre pécheur, éternel pèlerin sur la route des hommes. À la fin de l'office, on éteint les cierges et ne reste que l'écho des voix. Nous sommes à la lisière de l'ombre et du feu, du souffle et du silence, c'est ce que je tente de montrer sur mes toiles. J'y vois le sens de notre condition humaine, sans cesse oscillant entre la joie et la peine, la bonté et la haine, la main tendue et le poing fermé, les élans les plus généreux et les pensées les plus noires.

Je m'aperçois que la nuit, à la lueur d'une simple torche, d'un brasero ou d'une chandelle, tout s'apaise. La ferveur du jour s'est tue, notre frénésie ralentit, nos passions s'assagissent. Ne reste que l'essentiel, une main, un geste, un visage. C'est ce que je poursuis en peignant, et rien d'autre désormais. De l'obscurité émerge une étrange vérité, celle de nos cœurs.

La pénombre paraît dissoudre les errements, nous absoudre de nos fautes, reléguer nos vaines préoccupations dans des espaces lointains. C'est dans ce crépuscule que se révèle ce que nous ne savons cacher, et qui, peut-être, seul nous appartient : le trouble du visage de ma fille lorsqu'elle devient Irène auprès du corps de Sébastien, et encore la douceur, l'effroi, l'attente, l'abandon, le remords, le recueillement.

Tu m'avais présenté des amis. À Paris et ailleurs. Je t'en savais gré, j'avais l'impression que nous étions en train de créer quelque chose ensemble, quelque chose d'unique, de neuf et d'immémorial à la fois. Sotte illusion. Il y eut cet étrange passage chez ce couple de tes amis.

Nous étions arrivés à l'Herbaudière en fin d'après-midi, à l'heure où les ombres s'étirent, franchissent les haies, effacent les limites des champs, où les lumières saturées du jour s'adoucissent et laissent apparaître des reliefs indécelables quelques heures plus tôt. À l'intérieur des terres, le vent était tombé. Tu avais beaucoup insisté pour que nous nous arrêtions dîner et dormir chez Anne et Pierre au retour de ces quelques jours passés ensemble.

Nous revenions de l'une de ces îles claires au large des côtes de la Charente-Maritime, de ces îles douces et blondes, trop lisses, trop claires, trop envahies de vélos, mais c'était ton envie. J'avais loué au dernier moment, tant je doutais de ta décision de m'accorder enfin ce temps avec toi, une villa bien trop grande pour nous deux, avec des chambres où nous ne sommes pas entrés et un couloir dallé que nos pas emplissaient d'échos ; bien trop chère aussi, mais pour ces jours tant désirés, tant attendus, j'aurais loué Versailles et les deux Trianons s'il avait fallu.

Je dois avouer que j'avais été comblée par ces journées en tête à tête, passées à rien, à presque rien, sinon se réveiller tard, déjeuner, se rendre au marché ou choisir un restaurant de fruits de mer, faire l'amour, dormir, lire, projeter une escapade en vélo et un pique-nique, puis changer d'avis au dernier moment, fantasmer devant des objets inutiles dans des brocantes coûteuses pour meubler une maison que nous ne posséderions jamais, ressortir prendre un verre, puis un autre, rentrer tard et oublier Paris.

Oublier les présences insistantes autour de toi, oublier tes réponses évasives, tes impatiences, tes contrariétés subites, ton refus d'un appartement commun.

Alors que tu étais séparé de ton épouse, créatrice de tissus, *fashion designer* à la beauté brune, flamboyante et altière – c'est du moins ce que suggéraient les photos d'elle éparses dans ton appartement –, tu avais quelques semaines plus tôt prononcé le mot « divorce ». Je n'avais pas posé la moindre question. Tenté, simplement, de faire cesser un défilé d'images alors soigneusement bridées, qui ne demandaient qu'à envahir tout mon espace mental, mes jours, mes rêves et mes nuits. Soyez sages, ô mes très chers désirs !

Tu connaissais Anne et Pierre depuis longtemps, des proches de ton défunt couple. Des amis, disais-tu sobrement. Ce détour d'une

soixantaine de kilomètres valait donc adoube-
ment, déclaration, officialisation. Intimidée, au
début, à l'idée de cette présentation-exposition-
bénédiction, j'avais fini par en comprendre tout
le sens, et j'avais accepté. Au diable les fantômes,
leurs gémissements et leurs chaînes ! Rencontrer
Annépierre, couple totémique bicéphale, précieux diadème d'une consécration attendue,
rêvée. Je t'observais, avec ton regard clair, gris-
vert, tes traits un peu lourds, des traits que
depuis six mois je ne me lassais pas de parcourir
des doigts, des lèvres, toute mémoire abolie. Te
regarder, dans une inépuisable et inexplicable
émotion.

Héros fatigué, attendrissant, colosse fragile et
exaspérant, avec tes vies antérieures. Tant de
vies antérieures. À l'angle d'une départementale,
un chemin de terre bordé de tilleuls conduit à
l'Herbaudière, une propriété en pierre dorée
par la lumière du jour déclinant, avec son toit
de tuiles roses, et au rez-de-chaussée ses cinq
portes-fenêtres aux volets peints en gris bleuté.
Annépierre se sont avancés vers notre voiture,
je les voyais sourire, j'avais l'impression d'être
quelque monstrueux poisson que l'on s'apprê-
tait à sortir d'un aquarium. Elle, impériale en
marinière et large pantalon de lin blanc, visage
hâlé, cheveux noirs mi-longs retenus en queue
de cheval, deux perles aux oreilles. Lui, petit,
massif, polo bleu marine délavé et espadrilles.
Vous vous êtes embrassés avec Anne, avec plus
d'émotion, m'a-t-il semblé, que n'en deman-
dait cette simple halte sur la route du retour.
Présentations, sourires, mots de bienvenue,

commentaires sur l'état de la route, sur le panneau indicateur qui manque depuis des années, remise du cadeau symbolique à la maîtresse de maison. Compliments sur le jardin, la décoration. Serviettes douces et savons parfumés nous attendaient dans une chambre simple, claire, presque austère. Anne avait posé un bouquet de branchages sur la petite table qui tenait lieu de bureau.

L'apéritif nous attendait dehors, banquettes à coussins rayés et table en fer forgé, *pineau produit par un ami viticulteur, comment le trouvez-vous ?* Tomates cerises, olives, crevettes grises, beurre salé. *Servez-vous, je vous en prie, je n'ai prévu qu'un dîner très léger.*

Pierre va vous montrer le jardin, voulez-vous ? C'est son talent, j'avoue que je l'admire beaucoup ! Je crois que je n'ai guère le choix, même si je viens de comprendre là qu'on m'éloigne avec élégance. Je m'embarque donc pour une visite commentée et exhaustive des diverses espèces de roses anciennes et des plants de potimarrons dont je n'ai que faire. Pierre est agréable, courtois, il parle avec une douceur passionnée, livre des anecdotes amusantes qu'il doit resservir à chaque nouveau visiteur, mais qu'importe, il sait me faire entrer avec délicatesse dans un univers dont j'ignore tout. L'air est tiède, lumineux ; dans moins de deux jours je serai de nouveau enchaînée à mon ordinateur. *Carpe diem !*

Tout en écoutant les commentaires de Pierre, je ne peux m'empêcher de jeter quelques regards vers la terrasse où tu es demeuré avec Anne. Elle, debout, marche de long en large et semble vouloir te convaincre de quelque chose. Tu es immobile, tu ne la regardes pas, je te vois simplement te resservir à boire.

Une idée me percute violemment : et si cette scène était finalement le seul but de cette visite ? Je frissonne, puis me reprends aussitôt, sous le regard bienveillant de Pierre qui théorise toujours sur les légumes anciens et oubliés.

Toujours cette persistante sensation d'insécurité, ce trou dans l'estomac, entre peur et désir, toujours cette douleur sourde lorsque je pense à toi.

À table, la conversation est gaie, je me détends, à mon tour je raconte quelques anecdotes de voyage, il paraît que je peux être très drôle, je n'en suis pas sûre, mais j'ai assez bu pour me lancer sans hésitation. Il n'y a donc pas de piège, faut-il toujours voir le mal partout ? Il serait temps que je guérisse.

Soudain, mes yeux se posent sur un somptueux plaid jeté sur l'accoudoir d'un canapé en face de moi. Un mélange raffiné de fils de bronze et de fils de soie tissés dans une étoffe brute, mate, un ensemble barbare et sensuel. Je fais part de mon admiration, et de ma curiosité.

Le silence qui suit ma question dure une seconde de trop. Agacé, impatient, tu as lâché dans un soupir : *C'est un modèle de Lucia, je t'avais dit qu'elle est créatrice de tissus, non ?* Je suis coupable d'avoir oublié. Idiote et coupable. Ridicule. Pierre m'invite à me resservir, mais je n'ai plus faim. Pas question de perdre la face devant un fantôme. Sourire. Magnifique !

La conversation reprend, mais la dissonance poursuit son chemin en moi. Je suis prise de fatigue, d'un épuisement soudain, j'ai envie d'être ailleurs, sous les couvertures, chez moi. Je regagne notre chambre où je remarque un dessus-de-lit de la même inspiration que le plaid. Inutile d'en demander l'origine. Je le replie avec précaution, comme un objet chargé de forces maléfiques qu'il faut neutraliser, mettre à distance sans les brutaliser. Appuyé dos à la porte, tu me regardes faire, j'ai l'impression que c'est son corps à elle qui est allongé là et qu'il m'appartient d'écarter sous ton regard.

Tu t'endors tout de suite, j'entends ta respiration, forte, régulière. L'envie de toucher ton corps, tes épaules, ton dos, tes fesses. J'aime ton corps, étonnamment délié, musclé, dessiné, par rapport à ton visage un peu lourd. Je m'abstiens. Le sommeil tarde. J'ai un peu froid.

Enfin, le jour vient, il fait clair lorsque je me réveille, j'ai dû m'assoupir, enfin, vers la fin de la nuit, après trop de questions sans réponses.

Le petit déjeuner est une fête chez Annépierre. La lumière chasse les ombres, il n'y a rien à craindre ici. Sur la nappe en lin vert pâle brodée de libellules blanches, argenterie savamment dépareillée et faïence grège accueillent thé, expresso, oranges pressées, céréales, toasts et marmelades anglaises. Pierre cherche à te convaincre de faire une halte dans une petite église romane au fond d'un village perdu, quelque part sur le chemin du retour, *une mer-*

veille, vous ne le regretterez pas. Anne veille à l'approvisionnement de chacun en toasts.

On parle du temps qu'il fait, de celui qu'il va faire, des travaux à entreprendre dans la maison cet hiver. *Je rêve d'une serre avec des orchidées*, dit Anne. Il faut songer à partir, la route nous attend. Je m'empare d'un plateau et j'aide Anne à débarrasser. Dans la cuisine, je la vois, de dos, debout devant le lave-vaisselle. *Ne te tracasse pas, Lucia, pose tout ici, je m'en occupe.* J'ai lâché le plateau. C'est un fracas d'argenterie, de faïence, de verre, théière, cafetière, céréales pulvérisées, pots de confitures fracassés sur les tomettes cirées à l'ancienne. Anne a sursauté et me regarde sans un mot. Pas grave. Moi aussi, je suis en morceaux.

Claude a posé tout à l'heure dans la robe rouge que j'ai choisie pour le tableau. L'esquisse du visage, du corps, des mains, est assez avancée. C'est un travail délicat, mais j'ai toujours aimé restituer la matière, le poids et l'aspect des tissus. Velours, lainage, bure, voile, lin, brocart. Le peintre que je suis y éprouve certes l'orgueil de son savoir-faire, mais ces tissus constituent aussi l'écrin qui accueille la vérité d'une expression, la justesse d'une attitude.

La grâce d'un poignet, la musculature d'un bras, la torsion d'un buste, la douceur d'une main, ne s'éprouvent qu'au regard de ce qui les révèle. Nous trichons en paroles, rarement en gestes.

Ce matin, Claude a revêtu la robe destinée au tableau, ainsi que le voile qui couvre sa tête et ses épaules. C'est la première fois que je la vois dans un tel vêtement. Il est de la couleur préférée du Maître, rouge. Son corset est modestement échancré, elle porte en dessous une chemise à plis fins et serrés. Elle m'a avoué qu'elle aime par-dessus tout ses manches. Elles sont taillées dans un tissu délicat, léger, et s'enroulent avec fluidité autour de ses bras, retenues au poignet par un lien invisible. Difficile de cacher mon trouble devant une telle apparition.

J'ai reconnu le voile qu'elle a arrangé sur sa tête, c'est l'un de ceux qu'elle possède déjà. Je sais qu'elle se sent belle ainsi, en dépit de sa modestie habituelle. J'ai surpris sur ses lèvres un sourire ravi de princesse, alors qu'elle écoutait bruire le tissu autour d'elle. Elle a quinze ans. Puisse la vie lui offrir de rêver encore un peu.

J'ai vu que le Maître l'a attristée en refusant de lui montrer son travail en cours. Je comprends qu'elle ait envie de découvrir comment elle apparaît à ses yeux ! J'imagine que la surprise sera encore plus grande lorsqu'elle verra la toile achevée, et je brûle tout autant qu'elle de découvrir le résultat.

Je ne devrais pas la regarder ainsi. Elle n'est que beauté et son âme est à l'image de ses traits. C'est un domaine qui m'est interdit, à moi, l'orphelin, le mendiant recueilli. Claude a été une sœur pour moi pendant toutes ces années, sans qu'aucune autre pensée m'effleure. J'avoue qu'il n'en est plus de même maintenant.

Il fallait que je te parle. Bien sûr. Et tu allais m'écouter. Cette scène dans la cuisine, ce plateau renversé, tu allais en prendre ta part. T'expliquer. Enfin.

J'avais pris congé de nos hôtes avec toute la dignité qui me restait, en remerciant du bout des lèvres, comme si rien ne s'était passé, en affectant une impatience ennuyée, comme si des activités particulièrement importantes m'attendaient ailleurs et qu'il me fallait courir vers elles sans délai.

Ne pas donner prise. Jamais. Rester lisse, détachée. C'était l'une de mes antiennes, ma vie mode d'emploi, en quelque sorte, bricolée depuis l'adolescence. Attitude pas toujours insubmersible, je dois dire. Je me défendais comme je pouvais, pas besoin de montrer au premier venu qu'un rien me déchire, qu'une simple éraflure d'âme s'infecte et ne guérit pas. Sourire. Tracer un périmètre de sécurité. Chevaux de frise et concertinas. *Noli me tangere.* Ne me secouez pas, etc.

Enfin, j'allais te parler. J'étais prête, poussée dans le dos par les événements du matin.

– Tu veux la voir, cette chapelle ? On s'arrête ?

– ...

– Je pensais que ça te ferait plaisir. Regarde, nous y sommes.

Déjà, tu avais claqué ta portière et tu ouvrais la mienne, geste inhabituel de ta part. Je n'en demandais pas tant.

– Viens, on va voir si c'est ouvert.

J'allais te dire que là, maintenant, tout de suite, les fresques d'inspiration byzantine d'une chapelle perdue dans le bocage ne m'inspiraient qu'une totale indifférence.

Tu m'avais tendu la main pour sortir de voiture et tu m'avais attirée vers toi. Tes mains, brûlantes, dans mes cheveux, sur mes lèvres. La tristesse dans ton regard. Une terrifiante tristesse. Tu m'avais serrée très fort. Combien de temps étions-nous restés là, debout, immobiles dans les bras l'un de l'autre, sur ce terre-plein, dans l'ombre glacée des marronniers de la place ?

– Tu es gelée, tu trembles. Allez, on rentre.

Tu avais ouvert le coffre pour attraper un de tes pulls et tu m'en avais entouré les épaules en les frottant énergiquement, comme on fait à un enfant qui sort du bain.

– On s'arrête au prochain bistrot, ça te réchauffera. Et puis, il n'était pas terrible, leur café, non ?

En effet, il n'était pas terrible, mais ce n'était pas vraiment ce qui m'avait le plus marquée. Tu m'avais tenue fort contre toi pendant que nous regagnions la voiture. J'avais senti ta chaleur, ton énergie s'infiltrer en moi ; à nouveau mon sang circulait dans tout mon corps.

J'avais abdiqué.

Te guérir d'elle. Te sauver de toi-même, car je te voyais dériver, tanguer, et je craignais ton naufrage. Tu étais sensible, drôle, tolérant, fraternel, tendre. Excessif, avec de soudaines vagues d'accablement venues de très loin, d'un avant la chute. J'avançais dans ta forêt obscure en espérant trouver la source, la fontaine miraculeuse qui te guérirait et nous permettrait d'être heureux. Tu te laissais faire, tu me laissais faire.

Tu aimais la nuit. Comme si ses ombres absorbaient les tiennes et te permettaient de les oublier. En t'y fondant, tu t'offrais quelques heures insouciuses, éloignées de tes rives et de tout ce qui t'y attendait.

Le visage du Maître, si sombre lorsque son sujet lui échappe, et qu'il ne parvient pas à transcrire sur la toile l'image qui l'habite... Sombre comme les nuits qu'il peint, quand aucune lueur ne vient les réchauffer. Noires de suie, de plomb, de fumée.

J'ai vu Claude souffrir ce matin, lors de la séance de pose. Elle paraissait mal à l'aise dans le corset, comme s'il s'agissait d'une armure, froide et rigide, ou comme si une piqûre d'insecte la démangeait à travers sa chemise d'étamine. Il est vrai que pas une de ses expressions ne m'échappe, et après tant d'années sous le même toit, je crois la connaître mieux que personne. J'ai cru à un moment qu'elle allait supplier son père d'interrompre le travail.

Elle n'est pas bien ces jours-ci, c'est ainsi. Je crois que c'est le sort des filles quand elles voient leur sang, chaque mois. Avant que ma famille soit décimée par la peste, combien de fois ai-je surpris mes sœurs se plaindre de leur ventre douloureux, qui se tord et se soulève en spasmes, et parler du seul désir qu'elles avaient en ces heures, celui de rester à l'intérieur, un vêtement chaud posé sur le ventre, ou, mieux encore, une brique tiède enveloppée dans un linge. J'ai compris que c'est une chose qu'il leur est impossible d'avouer, elles en conçoivent une grande honte et tentent, le plus souvent sans succès, de maîtriser leur humeur qui est capricieuse ces jours-là. Maître de La Tour l'a réprimandée, je sais pourtant qu'elle tente de faire au mieux. Les femmes sont condamnées à sentir sous elle un écoulement de sang noir, dans ces linges qu'elles portent entre les cuisses et qu'elles lavent le soir, à l'abri des regards des hommes. Du sang aussi noir que les nuits de vos tableaux, je le sais. Claude n'a pas la tête à ce que vous lui demandez, Maître, pardonnez-lui.

J'ai trouvé Claude préoccupée lors de notre séance de travail. Front plissé, elle était au bord des larmes. Je n'ai pas osé la questionner. J'en parlerai à Diane.

Tu aimais l'alcool. Comme la nuit, c'était une façon de te glisser hors de ta vie, de retrouver une respiration perdue. Nuit et alcool, c'était devenu ton quotidien, et là aussi je t'ai suivi.

Ce n'est qu'après avoir descendu quelques marches que l'on réalise combien elles sont glissantes et difficiles à remonter. Je ne me suis pas inquiétée tout de suite. Tu « tenais » l'alcool et j'avais appris à faire de même. Toi, c'était plutôt tequila. Ou autre chose, à défaut. Tu dormais ensuite, et je restais seule avec mon désir de toi. Je ne savais pas où nous allions.

Pense à ce que tu as de plus cher, et regarde-le comme un trésor. *Je sais bien à qui Claude pense, en écoutant le conseil de son père, mais c'est une idée que j'essaie de repousser, tant elle me serre le cœur. J'ai craint qu'elle ne tombe en sanglots devant nous. Que se serait-il passé ? Son père l'aurait invitée, avec fermeté, à se reprendre et à songer à la grande piété de la femme qu'elle est censée incarner. Elle ne peut avouer à personne ce qui lui est le plus cher.*

Un officier français, Monsieur Mahé Le Dantec – impossible d'oublier ce nom –, a un temps logé chez nous, comme cela arrive dans la plupart des maisons. C'est la guerre, et nous devons nous plier à ses contraintes. Celle-ci est un moindre mal. Peu de mots ont été échangés avec ce militaire. Il est resté sept ou huit semaines, apparaissant tôt le matin, partageant parfois notre souper, avec réserve et courtoisie, puis se glissant comme une ombre dans sa chambre. À ce que j'ai compris, il est originaire d'une région lointaine, la plus à l'ouest du royaume de France, bordée par la mer, et bien plus douce, l'hiver, que la nôtre, en dépit de la pluie qui y est continuelle. Il nous avait expliqué que son frère aîné était resté sur les terres familiales, que le cadet s'était engagé dans la marine royale, et que le plus jeune s'était fait prêtre. Quant à lui, il avait signé un engagement pour dix ans, car il voulait voir du pays sans marcher sur les brisées d'un frère avec qui il ne s'entendait guère. Il attendait une affectation sur le front et semblait ronger son frein, désœuvré, allant s'enquérir des nouvelles à son quartier général dès qu'il quittait la maison. Il est difficile, je crois, pour les membres d'une famille, de savoir comment se comporter dans ces situations auxquelles ils n'ont pas été préparés. Se montrer hautain et faire comprendre que l'on subit là une présence indésirable, ou faire preuve d'attentions excessives pour se ménager les bonnes grâces du camp adverse ? Est-ce à l'homme ou à l'officier que l'on s'adresse ? Je ne suis quant à moi qu'un apprenti, une variété de domestique, et je ne dois que respect aux hôtes de la maison, même si je considère qu'elle est un peu mon foyer maintenant. Le Maître entretient de bonnes relations avec le camp des Français, et je ne crois pas qu'il ait perçu cette présence comme trop pesante.

D'autant que ce monsieur ne le dérangeait guère. Combien de fois l'a-t-il seulement croisé dans les étages de sa demeure ? À la demande de l'officier, d'ailleurs pleine de respect, le Maître lui a fait les honneurs de son atelier, ce que le militaire a paru apprécier en le remerciant de façon sincère, ce qu'il n'était pas contraint de faire, puisque cette maison était devenue sienne par les lois de la guerre.

Plusieurs fois, j'ai surpris des regards entre Claude et lui, mais j'ai l'impression qu'ils n'ont pas échangé plus de quelques mots ensemble, si l'on enlève les paroles nécessaires pour obtenir une coupe de vin, une assiette de figues, ou pour commander que son lit soit bassiné, ou son linge lavé.

Il lui a un jour demandé son prénom, et je l'ai entendu le répéter, comme pour lui seul, pour s'en souvenir et le garder avec lui. Et puis il y a eu ces mots que j'ai malgré moi surpris à l'office, où Claude se confiait à sa plus jeune sœur.

« Il m'a souri avec gentillesse, en disant qu'il regrettait ces temps difficiles qui empêchent les êtres de se comporter comme ils le voudraient et de lier des relations sincères, qui ne soient pas dictées par les hasards des avancées des troupes ou de l'état d'un bataillon après une escarmouche. Il m'a avoué qu'il aurait aimé faire ma connaissance en gentilhomme libre, et non en soldat cantonné chez l'habitant. Qu'en penses-tu, toi ? »

Quelques jours plus tard, après le souper, alors que je remontais à ma soupente et me trouvais en haut de l'escalier, je l'ai vu, sur le palier du premier étage, son chapeau à la main. Une grande tristesse sur son visage. Il était pâle. Claude était près de lui, une chandelle à la main, qui projetait leurs ombres sur le mur.

« Je viens vous faire mes adieux, mademoiselle. Dès demain, au lever du jour, je serai parti. Je rejoins mon régiment à quinze lieues d'ici. J'ai salué vos parents et je tenais à prendre congé de vous en particulier. Sachez que votre souvenir illuminera mes jours, et c'est le cœur lourd que je dois me résoudre à vous laisser. Votre sourire et

vos discrètes attentions ont enchanté ces semaines contraintes, j'aurais aimé qu'ils accompagnent tous mes jours à venir. Je ne sais pas ce qui m'attend, aussi ne vous ferai-je aucune promesse qui pourrait vous lier d'une quelconque façon. Restez libre et sachez que je vous garde dans mon cœur. Priez pour que cette guerre cesse un jour, pour que la paix et la prospérité reviennent sur ces terres trop meurtries. Adieu, mademoiselle. »

Il a pris sa main et l'a portée à ses lèvres, pendant un temps qui m'a paru infini. J'ai retenu mon souffle, et surtout mon envie de lui sauter à la gorge. Puis il a rompu brusquement, en reculant d'un pas. Il ne voulait sans doute pas que Claude voie son regard se troubler davantage. Peut-être aurais-je fait de même. Il s'est incliné et je l'ai vu gagner sa chambre en toute hâte. Elle n'a pas eu le temps de lui répondre ni même d'esquisser sa révérence habituelle. Le lendemain matin, il était parti. J'ignore où la guerre l'a emporté. Je sais qu'elle prie pour que Dieu épargne sa vie.

Le Maître ne saura jamais à quoi Claude pense lorsqu'il lui demande de se concentrer sur son trésor. C'est toute la tendresse d'Irène penchée sur le corps martyrisé de Sébastien qu'elle lui destine. Ce sont ses larmes qui lavent ses plaies, et ses mains qui les referment. Je crois que l'amour est capable de tels miracles. Mon malheur est de devoir en être le témoin.

J'ai confié ce jour à Diane mon intention de présenter ce tableau au roi de France. Elle a été surprise, car elle ne connaissait pas encore mon ambition de me faire connaître au-delà des cours de notre duché, auprès desquelles ma réputation est désormais bien établie. Le royaume de France et le duché de Lorraine sont ennemis, mais je veux croire que cette opposition prendra fin un jour.

Je l'ai sentie fière, et un peu inquiète aussi. Je dois à notre union de m'avoir fait accéder à la noblesse, moi, le fils du boulanger de Vic-sur-Seille. Je ne crois pas qu'elle ait eu à le regretter, car je n'ai cessé de faire fructifier nos avoirs pour installer notre position sociale actuelle, qui fait quantité d'envieux. Elle est une mère attentive, et la meilleure des compagnes, je crois.

Se rendre à Paris de nos jours est un long et périlleux voyage. Le tableau devra être soigneusement protégé et sans cesse surveillé. Diane m'a suggéré de partir vers la fin du printemps, avant que la cour se déplace et que le roi n'ait en tête que ses bals et ses fêtes champêtres ; d'emmener Étienne et Laurent, celui-ci habile à manier le bâton et le couteau sous ses airs de garçon calme. Ce sera un voyage formateur pour notre fils, même s'il ne se montre, à mon grand regret, que modérément passionné par le domaine des arts, et aussi un honneur dont il se souviendra toute sa vie. Cette perspective m'arrache un soupir, j'aimerais tant le considérer comme un élève prometteur et pouvoir enfin lui confier d'autres tâches que passer les couleurs du fond. Mais c'est ainsi. Je le vois peiner et s'appliquer, s'essayer parfois, à ma demande, à exécuter quelques plis au bas d'un vêtement. Au mieux, le courage et l'application lui tiendront lieu de talent. Je n'y peux rien. Peut-être ce voyage à Paris lui révélera-t-il sa vocation.

Diane va s'occuper de nous faire confectionner de nouveaux vêtements. On dit que la cour de Louis, le treizième du nom, est le lieu de toutes les élégances et qu'on y juge les gens sur la mine. Nous n'avons aucune intention de rivaliser avec eux dans ce domaine, mais du moins allons-nous éviter de nous présenter en paysans crottés et d'être la risée de toute la cour.

Je t'ai aimé à contretemps. Comme j'ai dansé à contretemps, moi, la fille gauchère. Je ne peux oublier ce jour qui me poursuit encore aujourd'hui. Tant d'années de travail, d'efforts à la barre, face au miroir, de privations alimentaires, de distractions refusées, de souffrances physiques. Concours d'entrée à la plus prestigieuse des écoles de danse. Jury. *C'est à vous, mademoiselle*. Cette minuscule hésitation entre deux enchaînements de pas. Départ pied droit ou pied gauche ? Droit, bien sûr. En cas de panique, c'est l'autre côté qui me rassure, c'est mon axe, mon centre, mon repère. Un millième de seconde d'hésitation, et, avec le trac, la tentation de partir du mauvais côté. Décalage. Infime. Contretemps. *Merci, mademoiselle*. Je ne serai jamais danseuse.

J'avais travaillé pendant des mois une variation complexe sur une musique du *Lac des cygnes*. Programme imposé. Le lac, ça, je m'y étais noyée. Aucun doute. Avant de m'endormir je me récitais mentalement l'enchaînement ; mon ultime répétition avait été impeccable.

Dans les vestiaires, après cette désastreuse prestation, je m'étais effondrée. Mes parents étaient impuissants, atterrés. Durant une semaine entière, j'ai pleuré sans m'arrêter, sans rien vouloir avaler, sans sortir de ma chambre. Puis il m'a fallu retourner en classe, affronter les regards. Affronter mon échec. Mon rêve venait de me glisser entre les doigts, j'en étais la seule responsable. Peu après, j'ai annoncé que j'arrêtais la danse. Trop de douleur. Trop d'orgueil aussi, peut-être. Aujourd'hui encore, tout ce qui m'évoque cet univers me serre le cœur.

Dès que j'ai eu l'âge d'en décider, je me suis fait couper les cheveux, très court, telle une pleureuse endeuillée. Plus de chignons serrés dans une résille, plus d'épingles, de pinces ou de rubans pour les contraindre. Plus rien de tout ça. Je n'ai plus jamais dansé.

Plus tard, je suis devenue interprète-traductrice. Le déclic, lors de vacances d'été en Italie, en famille, alors que j'étais au lycée, très incertaine quant à mon avenir et à de possibles études. Une terrible frustration de ne pouvoir comprendre cette langue dont la beauté, sans que je sache pourquoi, me bouleversait, et dont je voulais à tout prix pénétrer le mystère. Je me suis aperçue que les langues et la danse, c'était presque pareil. Danser avec les mots ; créer un autre geste. De la beauté, parfois. Je fais de mon mieux, j'aime ce travail, chercher, errer dans un texte pour la joie d'approcher de temps en temps quelque chose de juste.

Peu à peu, l'effroi de te suivre, de t'accompagner dans les méandres de ton labyrinthe, où tu réclamais ma présence. Dans ces moments-là, j'étais comme cette troisième figure sur le tableau, celle qui détourne le regard et se voile le visage. Ne plus voir, devenir aveugle pour pouvoir continuer à t'aimer.

Je voudrais confier ma peine, car elle est lourde pour mes seules épaules, mais je renonce à cette idée. Je n'ai personne à qui dire mon histoire. Elle prêterait à sourire, ou à se moquer, ou à me plaindre d'un ton apitoyé que je ne veux pas entendre. Je désire par-dessus tout que le précieux visage de Claude, dont les traits me sont si chers, demeure au plus profond de mon cœur, c'est là sa juste place.

Malgré la haine que j'éprouve pour cet officier français, je ne peux m'empêcher de le plaindre, car il doit craindre, lui aussi, que le souvenir exact de Claude ne vienne à s'enfuir et qu'il ne puisse le retrouver. Et je ne peux lui en vouloir d'avoir été touché, lui aussi, par ce qui me bouleverse.

J'ai terminé le personnage d'Irène. J'y ai passé la nuit entière. Seul avec quelques chandelles, avec la même lumière que celle du tableau. Ce matin, je suis heureux. Épuisé, mais heureux d'avoir réussi à traduire cette image venue me visiter au bord du sommeil. Merci, Seigneur, d'avoir guidé ma main.

Fatigue ce matin encore. Comme hier, j'ai cru que je ne parviendrais pas à me lever. Engourdissements, vertiges, j'ai dû me recoucher et attendre. J'ai peur de ne pouvoir achever mon saint Sébastien. Le Créateur en a-t-Il déjà décidé pour moi ? Qu'il soit fait selon Sa volonté, mais je voudrais tant qu'Il m'accorde de finir ce travail.

Hier, voyant mon épuisement, Laurent m'a proposé de m'avancer un peu pour le tableau. Je l'ai prié de n'en rien faire, en lui disant qu'il était nécessaire de prendre du recul sur un travail en cours. J'espère ne pas l'avoir blessé.

Avant que nous partions pour Paris, Laurent réalisera une copie de mon saint Sébastien. Il en est capable. Déjà, pour répondre aux commandes de l'atelier qui ne cessent de se multiplier, il exécute très honorablement les copies en petits formats. Ce sera la première toile de cette dimension qu'il exécutera. Je tiens à garder la réplique précise de l'original.

Je songe à cette nécessaire innocence qui nous habite lorsque nous voulons croire celui, celle que nous aimons. Si l'amour ne s'accompagne pas d'une totale confiance, il n'est pas. Il est aventure, parenthèse, emballement, caprice, arrangement, plaisir, loisir. Croire en l'autre suppose l'abandon de nos résistances, de notre défiance. Don total qu'on veut croire réciproque. Si, à l'instant de la rencontre, cela n'est pas, nous ne savons pas aimer. Si notre voix ne vacille pas, ne tremble pas, comme tout notre être vacille et tremble, nous ne savons pas aimer.

Ta colère lorsqu'il m'arrivait de te faire un cadeau, même modeste. Tu disais que tu n'en voulais pas, que tu ne méritais pas que je t'offre quoi que ce soit. Ce que je t'avais offert de moi valait peut-être davantage qu'une écharpe, un livre ou une chemise, mais tu préférais l'oublier. C'était invisible. Et ce qui est invisible n'existe pas, bien sûr.

Toute la journée, sous la douche, dans le métro, entre deux pages à traduire, au coucher, j'imaginais ce que j'allais te dire. Des phrases tournées et retournées, des dialogues où je trouvais les bons mots, au bon moment. Je voulais te provoquer, obtenir de toi une déclaration, un aveu, une décision. Tu ne pourrais plus te dérober, c'était certain. Un peu de courage ! Tu ne vas pas te laisser mener comme ça, quand même ! Reprends-toi ! Mes résolutions disparaissaient à l'instant où l'on se retrouvait. Je voulais poser des questions dont je n'étais pas prête à entendre les réponses. Je parvenais tout au plus à lancer quelques balles maladroites. Parfois, dans un moment de trop d'incertitude, de trop de doute, je risquais un mot agressif, ou que je croyais tel, aussitôt regretté. Des flèches émoussées qui s'égaraient dans les broussailles.

Ce soir-là où tu m'avais rejointe dans un café, en fin de semaine après le travail. J'étais fatiguée, nerveuse. Les tensions d'une semaine difficile passée sur une traduction trop technique, trop fastidieuse, trop mal payée, trop urgente, l'envie de tout envoyer promener, et toi toujours en retard, toujours le téléphone collé à l'oreille. Je t'en avais fait le reproche. Tu m'avais fixée, sans un mot. Incompréhension. Douleur. Oui, c'était une vraie douleur que tu donnais à lire dans ton regard. Une supplication. Ce jour-là, j'ai encore abdiqué.

Ai-je été idiote, ou perdue, ou aimante ? Je ne sais pas, je ne sais plus.

Jour de stupeur. Double stupeur ! Maître de La Tour m'a demandé de réaliser la copie de cette toile avant de la remettre à son destinataire. J'ose à peine comprendre qu'il m'en estime capable. J'y donnerai le meilleur de moi-même, mais peut-il imaginer un seul instant le déchirement qu'il m'impose en même temps ? Un trouble proche du malaise m'envahit à l'idée que les traits de Claude vont surgir du néant une seconde fois, et que ce seront mes propres mains qui réaliseront cette mise au monde.

L'épreuve de la toile vierge. Me voici face à moi-même. Je ne possède que ce que j'ai appris, et la douceur brûlante de mon regard sur Claude. Est-ce suffisant pour traduire le miracle de beauté que son père a su réaliser ?

Le Maître vient en outre de nous confier quelque chose d'extraordinaire. C'est au roi de France en personne qu'il destine ce tableau !

Je peine, mais je veux me montrer à la hauteur de ce qui m'a été demandé. Je mesure là tout ce qui me reste à apprendre, et il me faut déposer toute vanité avant de prendre les brosses et les pinceaux. Par moments, je crois la tâche insurmontable. La lumière, les mains, les vêtements, l'expression, l'abandon du corps de saint Sébastien. J'ai l'impression d'être en route pour un pays lointain, vers une terre promise qui se dérobe à mon approche.

Jour de tristesse. J'ai songé à dire au Maître que je n'étais pas capable de ce travail, qu'il engage un copiste confirmé, ici ou à Nancy, qui en recèle dans maints ateliers. Je crois en fait que je peux faire ce travail, mais ce qui me coûte le plus, c'est de me rendre compte que je ne saurai jamais produire moi-même de telles œuvres. C'est la vision intérieure du peintre, au-delà de sa technique, qui donne toute sa force à un sujet. J'ai bien peur que la mienne soit d'une grande pauvreté.

J'ai le sentiment qu'une fois cette copie achevée, j'aurai en même temps atteint mes limites, comme une porte sombre qui se dresserait devant moi, sans qu'aucune façon de l'ouvrir soit possible à trouver.

Relu ces jours-ci Jean de la Croix. La nuit de l'âme d'où jaillit la lumière de la foi, comme une source de vie.

> « Dans cette nuit heureuse,
> en secret, car nul ne me voyait,
> ni moi ne voyais rien,
> sans autre lueur ni guide
> que celle qui en mon cœur brûlait. »

Poursuivre sur ce chemin.

Alléger. S'alléger. Le plein naît du vide. Simplifier. Densifier. Nous n'emporterons rien avec nous dans notre ultime voyage.

Avant notre départ, j'ai idée de donner un grand repas pour toute la maisonnée, pour se réjouir de l'arrivée des beaux jours, qui, dans notre région, surviennent aussi brusquement qu'une tombée de grêle. Remercier chacun de la part qu'il a prise à ce tableau et boire à nos espoirs. On me reproche souvent la chère peu généreuse dans ce foyer, peut-être à raison, mais il est vrai que, pour ma part, je m'y intéresse peu. Pourtant, il faut de la joie à la maison, tant que la maladie et la mort s'en tiennent écartées. Sachons rendre grâce.

Beaucoup de peintres réalisent leur autoportrait. C'est pour moi terrifiant. Il n'y a rien de plus redoutable que de se faire face. J'espère avoir le courage d'y parvenir un jour. J'ai une idée, je ne sais comment elle cheminera. Je pense à une composition autour du reniement de saint Pierre. Le sujet principal serait relégué dans un angle de la toile, comme si son remords était peu de chose au regard de la marche du monde, et la plus grande partie de la toile serait occupée par des soldats casqués, armés, occupés au jeu de dés. Si j'y parviens, ce sont mes propres traits que j'essaierai de prêter à l'apôtre qui par trois fois a renié le Christ. Je sais quant à moi l'avoir renié bien plus encore.

Avec l'alcool, ce n'était plus une question d'envie, de plaisir. Il t'en fallait, c'est tout. Pour faire face, pour te lever, pour aller travailler, pour t'endormir. Mes amis m'ont conseillé de partir à ce moment-là. Je les voyais si peu. J'avais changé, paraît-il. *Tu te perds, tu es devenue bizarre, on ne te reconnaît plus*, disaient-ils.

Nous étions trop loin du rivage désormais, j'ai tenu comme j'ai pu la barre de notre bateau ivre. Oui, ivre, il l'était, et ça ne me faisait même pas sourire.

Ma vie, à ces moments-là, sombre comme la nuit de ce tableau, sans qu'aucune lueur vienne l'éclairer.

Je ne savais plus remonter à la surface, ni si je le désirais encore. Ni s'il me restait encore un peu de force pour m'occuper de ma propre vie.

On ne fait pas boire un cheval qui n'a pas soif. Propos lucide dans sa trivialité, entendu quelque part. Vraie sagesse, peut-être. Je n'étais pas sage. Je t'aimais.

Cette nuit m'est apparue en rêve une autre idée pour faire poser Diane. C'est ainsi que je vais m'y prendre, ce sera mieux. Elle sera sainte Anne, la mère de Marie, et je peindrai une éducation de la Vierge. Yeux baissés, livre posé sur les genoux, tendu vers l'enfant appliquée à déchiffrer l'écriture. C'est ainsi que j'obtiendrai le meilleur parti de son visage. Il faut savoir écouter les rêves, ils tentent de nous éclairer sur nos désirs les plus secrets. Et ce sera une tendre façon, avec ce sujet, de saisir l'écho d'une de ces scènes familières dont la maison est encore pleine aujourd'hui.

Impossible de travailler ce matin, j'ai dû recevoir de nobles commanditaires, ils ont vu certains de mes tableaux dans d'autres demeures et en veulent de semblables chez eux. Pour l'heure, je suis donc marchand de mon art. Diane a fait apporter du vin et des confiseries à l'atelier, elle leur a fait belle démonstration de ses manières, et j'ai écouté ces gentilshommes expliquer ce qu'ils souhaitaient. Je me suis engagé pour deux grands formats, dans un délai un peu court, mais il faut bien que l'argent rentre, je vais rester sans travailler de longues semaines avec ce voyage à Paris, qui va se montrer très coûteux. Ces messieurs paieront ! Étienne et Laurent m'aideront, je ferai mon possible pour livrer ces toiles avant mon départ. Sinon, ils devront attendre. Mon fils va se montrer contrarié, une fois de plus, de devoir accepter des tâches plus modestes que celles confiées à Laurent, je le sais. Demain je leur expliquerai ce qu'ils auront à faire, afin que les choses soient claires entre eux. Pour le reste, je n'y puis rien.

Ton regard égaré le matin, et cette envie de te prendre dans mes bras, plus forte que tout.

Tu devenais colérique, irritable, imprévisible, tu gardais ce qui te restait d'énergie et de lucidité pour pouvoir travailler ; je ne savais pas comment tu faisais.

Partir. C'est une idée qui chemine en moi depuis quelque temps maintenant. Je ne veux pas trahir ce qui m'a été offert ici et me conduire comme un ingrat. Ma seule famille est celle-ci depuis tant d'années.

Claude surgit de mes mains jour après jour, et c'est moi qui suis l'humble artisan de cette épiphanie. Toucher le grain de sa peau, effleurer ses poignets. C'est plus douloureux que je ne peux le supporter.

Ne plus voir Étienne et son air triomphant, repu, lorsqu'il rentre de la taverne où il a pu assouvir tous ses instincts. Quel maudit bouc ! Ce sera un soulagement de ne plus supporter ses agissements.

Diane a reçu hier les vêtements commandés pour faire bonne figure à Paris. Nous aurons l'air de princes ! Claude a regardé son frère comme si elle le voyait pour la première fois, et dans le regard de Diane j'ai senti une approbation mêlée de tendresse à mon égard. Il y a longtemps que je n'avais perçu cela.

Suspendre le mouvement, suspendre le fracas du temps. Suspendre son propre souffle en approchant le pinceau de la toile.

Le désir m'a réveillé cette nuit, jusqu'à devenir une souffrance. Diane se prête certes sans réticence à mon envie quand je m'approche d'elle, mais son peu d'ardeur a fini par endormir la mienne, et j'ai besoin d'assouvir ce qui réclame. Il me faudra travailler avec acharnement, jusqu'à l'épuisement, pour vaincre ces pensées semblables à des morsures.

Dans de tels moments, je songe à la liberté, à la gaieté de mon séjour à Rome, où les corps savaient échanger du plaisir avec simplicité, sous ce ciel dont le bleu me blesse encore. Peut-être est-ce pour cette raison que je ne me suis jamais attaqué à la représentation de la voûte céleste.

Les peintres de l'atelier que je fréquentais menaient belle vie, quoique sans argent, et les filles de leur entourage se prêtaient à nos fantaisies, dont elles paraissaient fort satisfaites. J'ai dû leur paraître exotique, à cette époque, avec mes yeux et mes cheveux clairs, c'est sûrement la raison des succès que j'ai remportés auprès de certaines d'entre elles. Jamais je n'ai oublié la gaieté de nos ébats, les corps dévêtus, sans manières, et le plaisir, si joyeux, si éloigné de ce qui n'est ici que honte et torture.

Si le désir charnel demeurait aussi taraudant, je sais ce qu'il me resterait à faire, bien que j'y répugne. À la sortie de la ville, la première auberge sur la route de Nancy est connue pour se montrer accueillante. La table y est bonne, le vin aussi, et les filles qui y servent savent offrir d'autres plaisirs. Quelques pièces posées sur la table, un échange de regards, et l'affaire est conclue. La partie se joue en quelques gémissements sur une paillasse. Je mentirais si je n'avouais pas que l'une d'elles, avec sa longue chevelure brune et lisse, me trouble particulièrement, au-delà du commerce expéditif de nos corps. Elle s'appelle Mathilde. Ce sont ses traits que j'ai donnés, de mémoire, à mes Madeleine repentantes.

Quand mes pensées vont et viennent sans que je parvienne à les tenir, le souvenir de Mathilde vient souvent à ma rencontre. Ses longs cheveux défaits, le velouté de ses épaules, la rondeur de ses seins qui appelle la main comme on désire s'emparer d'un fruit, le poli du genou et la peau si fine, dans le pli, derrière la jambe, la chair éclairée d'une simple chandelle ou d'un rat-de-cave qui jettent sur son corps de fugaces reflets dorés, telles sont les images que je garde enfouies en moi. Aussi brefs et rares qu'aient été ces moments, j'ai chaque fois eu cette étrange sensation, celle de mes mains glissant sur sa peau comme un pinceau sur la toile. Sa trace invisible laissée au bout de mes doigts m'émeut encore. Je repartais ébloui, soulagé et honteux, en colère contre moi, contre mon incapacité à dominer mon instinct, et aussi contre la nécessité de devoir laisser derrière moi tant de misère et tant de beauté.

Ce qui se passe au profond de nos âmes est souvent noir comme la nuit, comme celle qui sert de fond à mes compositions, lorsque nulle lueur ne les atteint.

Te laisser dériver, et me sauver seule. Je n'y étais pas encore prête.

Boire te soulageait, comme un baume passé sur une peau irritée. Puis, très vite, après quelques verres, tu passais de l'euphorie à l'abattement, d'envies de fraternité démonstrative à des besoins de solitude absolue, et, le regard fixe, lointain, la mâchoire crispée, à une tristesse plus grande encore que celle que tu cherchais à fuir. Il fallait que le sommeil vienne te délivrer.

Tu t'éternisais dans les soirées, les bars, comme pour différer ce moment où il n'y aurait plus de bruit, de musique forte, de lumière, de corps qui se cherchent, se frôlent, plus ce bruissement de vie nocturne où le réel s'éloigne, s'estompe, s'oublie. Pour rentrer, c'est moi qui devais conduire ta voiture, et je le faisais avec appréhension, redoutant l'accrochage, la moto dans l'angle mort, la distance mal évaluée, le réflexe tardif, tout ce qui ferait basculer une fin de soirée difficile en complications sans fin.

Parfois, au cours d'une soirée, ton regard se posait sur une autre, avant de s'envoler ailleurs. Cet instant suffisait à me cisailler le ventre. Jalouse. Tu me l'as reproché, bien sûr. Inquiète, plus certainement.

Tout ce que les hommes ont inventé, tout ce qu'on nomme civilisation ou culture, ne sert qu'à tenir en laisse notre part sauvage, notre fulgurante envie, par moments, de dépecer l'autre et de dévorer son cœur encore palpitant. Je l'ai compris avec toi.

C'est un grand jour. J'ai convié la maisonnée à découvrir mon saint Sébastien. Je l'ai fini hier soir. C'est très étrange, la perception de cet instant où l'on sait que l'on a porté sa création au plus haut de ce que l'on est capable de faire. Ce moment où l'on a la certitude qu'il n'y a rien à ajouter, rien à reprendre. C'est un accomplissement et une nécessaire rupture, comme celle que doivent éprouver les femmes, j'imagine, au moment de la délivrance. Il y a de la douleur, malgré la satisfaction d'avoir pu mener un projet à terme. Douleur d'une séparation. Et orgueil, oui, orgueil de pouvoir apposer au bas de la toile, enfin, *Georgius de La Tour fecit*.

Ma plus grande émotion est venue du visage de Claude, que je guettais en particulier. Stupeur, incrédulité, joie, embarras, fierté. Tout est apparu sur son visage. Les larmes lui sont venues, et les miennes n'étaient pas loin, je l'avoue, lorsque je l'ai serrée contre moi.

Elle ne pouvait détacher son regard de la toile, comme happée par la scène qui s'y déroule et par sa grave beauté. J'ai cru qu'elle allait défaillir lorsque j'ai redit devant tous l'ambition que je nourrissais pour ce tableau.

Il est maintenant temps de penser sérieusement à ce voyage à Paris. Je vais devoir écrire de nombreuses lettres, solliciter des recommandations, demander des conseils, des appuis, des facilités. Apprendre la patience, faire preuve d'humilité. Ce sont des qualités que je ne possède pas, mais c'est à ce prix que je pourrai approcher le roi.

Maître de La Tour nous a réunis autour de lui et a dévoilé le tableau devant toute sa famille. Que dire ? Même si je travaille déjà à sa copie, j'ai eu l'impression de le voir pour la première fois. Est-ce réellement Claude, cette jeune fille penchée avec tant de tendresse et de grâce sur le corps de Sébastien ? Les yeux de l'artiste savent voir ce que le commun d'entre nous ne devine pas. Il est difficile pour moi de me confronter à cette image, dans ce geste qui la révèle tout entière. Devant cette œuvre, je suis déchiré entre l'éblouissement et le désespoir. Je ne connais que trop le visage de son Sébastien, et comme lui doit le faire aussi, elle prie pour que ses traits ne s'effacent jamais de sa mémoire.

Au milieu de la nuit, l'image du corps de Claude m'apparaît. Je me sens perdu entre la réalité et son reflet sur la toile. Tant d'images impures se mettent à surgir. Mon corps, dans le secret de mes draps, appelle des gestes qui me font rougir, mais je ne peux renoncer au doux apaisement qu'ils m'apportent, et je m'éveille, honteux et délivré.

Je n'avais plus d'amis, plus d'argent, plus d'envies. Tu ne m'aimais pas, mais tu ne pouvais plus te passer de moi. Parfois, cette tendresse triste entre nous. Nous marchions dans des sables mouvants, sans savoir si nous nous aidions ou si nous pesions l'un sur l'autre.

Une fois, c'est moi qui avais dû m'absenter quelques jours. Tu l'avais mal pris. Si tu avais insisté, je crois que j'aurais renoncé, alors qu'il s'agissait d'un événement important pour moi. J'avais été conviée, moi, obscure traductrice, pauvre scribe suant derrière son écran, aux Assises internationales de la traduction, à la villa Médicis, à Rome. Je devais prendre part à une table ronde avec un auteur dont j'avais traduit plusieurs livres et qui avait souhaité ma présence. Mon quart d'heure de gloire planétaire, en quelque sorte. Et, surtout, une reconnaissance à laquelle je ne m'attendais pas. Je n'étais pas habituée à ce genre de cadeau de la vie.

Je t'avais proposé de me rejoindre pour passer le week-end sur place. Tu avais dit *peut-être*, et j'étais partie pleine d'espoir. À chaque instant, j'attendais ton message, guettant un signal sonore sur mon téléphone. J'étais décidée, de toute façon, à rester à Rome. Billet d'avion modifié, chambre d'hôtel prolongée, il ne manquait que toi. Tu allais venir, j'en étais sûre.

Je dois avouer que la table ronde, pourtant tellement attendue, me fut secondaire. J'y ai tenu honnêtement mon rôle, sans plus. Rien à faire.

Je rêvais de tout ce que j'allais te montrer et te faire aimer, les beignets de fleurs de courgette, le granité au café de la Tazza d'Oro, la cantine ouvrière du Trastevere où j'avais mes habitudes, la fontaine des Tortues, ma préférée, les étranges inscriptions hébraïques sur les façades du Ghetto, le Caravage de la basilique Sant'Agostino et les épaules de marbre blanc de Paolina Borghese. J'ai passé ce week-end seule, au milieu de ce que j'aimais le plus au monde, et tout cela n'avait plus de sens. J'étais expulsée de mon propre paradis, parce que je ne pouvais le partager avec toi, et que tu ne désirais pas le connaître.

Je vais être du voyage ! Maître de La Tour demande que je l'accompagne avec Étienne. Nous serons chargés de transporter la toile et de la disposer sur un chevalet lorsque le roi nous accordera audience. Paris. Le roi. Je n'ai plus que ces mots en tête. Pour vivre une telle aventure, je suis prêt à supporter Étienne, son humeur arrogante, ses plaisanteries grasses et les regards vicieux qu'il jette sur tout ce qui porte jupon. On me donnera aussi des vêtements neufs pour la circonstance. Ai-je réellement mérité un tel honneur ? Aurais-je un jour pu imaginer cela ? Je me revois quittant seul, dans le froid et les larmes, la cabane de mes parents, laissant derrière moi l'image de terrifiants cadavres à la place de ceux que j'ai aimés. Oui, j'ai vu, de mes yeux, la réalité de ces danses macabres sculptées dans la pierre des églises, et c'est bien autre chose que la représentation qui en est faite. J'avais marché autant que j'avais pu. Un marchand m'avait fait monter dans sa carriole, sans savoir que je portais peut-être la maladie avec moi. Je n'avais rien dit, les enfants errants sont légion, ici, avec la guerre. Nul ne s'en étonne, mais rares sont ceux qui s'apitoient.

Pour moi, les préparatifs de voyage sont réduits au minimum, le linge que je possède ne tient pas grand'place ! Nous avons longuement travaillé à la protection de la toile, agrémentée d'un large cadre doré à l'or fin qui lui donne profondeur et relief. De la toile fine au contact de la peinture, puis des couvertures plus épaisses retenues par des sangles, et nous avons confectionné une caisse sur mesure, elle-même retenue par des liens. Demain, nous partons.

J'ai perçu la tristesse de Claude lorsqu'elle nous a regardés protéger le tableau pour le voyage. Nous le manipulions comme s'il s'était agi d'une précieuse relique. Son visage a disparu derrière les linges destinés à protéger l'œuvre. Elle ne se verra plus jamais ainsi représentée, par la douceur de la main et du regard du Maître, la seule vraie tendresse, peut-être, qu'elle ait reçue de lui. Des larmes lui sont venues, mais je sais qu'elle ne pleurait pas sur sa propre image dans un mouvement de vanité. Je sais où ces larmes prennent naissance et je crains seulement que cette source-là ne soit pas près de se tarir. Mais cela, le Maître ne peut le soupçonner, il est bien trop enfermé dans ses nuits avec ses images qui le hantent.

Comment un peintre aborde-t-il un sujet ? Comme un nouvel amour ? Collision frontale ou lente infusion ? La claque ou la pieuvre ? Le choc ou la capillarité ? Plein soleil ou clair-obscur ? Toi, tu m'avais éblouie. Ensuite, je me suis aveuglée.

Pénétrer dans ton dédale, sans crainte, et découvrir des trains fantômes avec des sque-lettes qui tombent du plafond et vous prennent par la main en hurlant de rire. Réaliser qu'en fait il était possible à chaque instant d'arrêter la course hallucinée des wagons et de descendre. Il suffisait de le vouloir, mais c'est seulement toi que je voulais.

Notre départ approche. Le tableau a été emballé dans une caisse en bois, protégé par des couvertures et des sangles. Les garçons s'en sont chargés avec application. Et Laurent, en quelques semaines, vient d'en réaliser une belle copie. Oui, il est doué. Aucun doute. Il a progressé de façon impressionnante en quelques années. Nos malles sont prêtes, j'emporte avec moi une somme d'argent suffisante pour faire face. Il reste à espérer que les routes sont devenues un peu plus sûres. On l'entend dire, j'espère que c'est la vérité. Une escorte armée accompagnera notre diligence aux frontières de la Lorraine. Après, à la grâce de Dieu ! Nous atteindrons ensuite la Marne à Châlons et poursuivrons le voyage par coche d'eau jusqu'à Paris.

Nous partons ce matin. J'ai pris congé de chacun ; nos malles ont été chargées et me voici avec Étienne et Laurent à attendre le départ. L'inconfort de la voiture, la grossièreté du cocher me font craindre un voyage éprouvant, mais il faut parfois se montrer téméraire pour parvenir à son but. Malgré toutes ces appréhensions, l'aventure me réjouit le cœur et je me prends à rêver. Moi, Georges de La Tour, peintre du roi de France... Puisse le doux visage de Claude l'émouvoir et me porter chance !

Je m'aperçois que la lueur peinte sur mes tableaux est toujours protégée. En partie dérobée au regard par l'écran de la main ou l'armature de la lanterne. Peut-être est-ce la seule façon d'approcher la lumière de cette flamme qui nous appelle, sans craindre d'en être aveuglés.

Nous croyons notre vie bien remplie, et notre disponibilité à l'autre limitée. Avec toi, il n'en fut rien. Dès les premiers temps de notre rencontre, les parois de ma vie firent preuve d'une singulière élasticité. Mon centre de gravité s'était déplacé de lui-même.

Une grange vidée, grande ouverte, séchée par l'air, le soleil et le vent. Vierge à nouveau, prête à accueillir la nouvelle récolte, lavée de toutes traces antérieures. C'est ainsi que je me sentais pour toi. Mémoire érodée, abrasée. Non que j'aie manqué d'amour jusqu'à ce jour, c'est souvent moi qui avais fait le choix de retourner à la solitude, mais avec toi c'était autre chose, simplement. Quelque chose d'indescriptible, et rien n'était plus important que de le vivre.

Aimer, c'est aussi garder la mémoire commune de certains lieux. Notre histoire, comme chacune, possédait son ancrage particulier, en dessinant une géographie unique. Encore maintenant, la simple évocation de certaines rues, de certains lieux me crispe la mâchoire. Et si je dois m'y rendre, je sens toujours ta présence sur mon épaule.

Malgré la nouveauté du voyage, l'excitation de la découverte, Monsieur de La Tour reste silencieux. Il est tracassé par l'enjeu de cette aventure. L'inconfort de la malle-poste le fatigue, je le vois souffrir. Chaque soir, la halte pour la nuit est un soulagement pour lui. Il s'énerve contre une chambre mal tenue à son goût ou contre une nourriture qu'il juge immangeable ; je pense que cela lui évite de penser au moment où le roi découvrira sa composition.

Étienne me fait bonne figure. C'est une autre surprise de l'aventure. Nous sommes condamnés à nous entendre, fût-ce superficiellement. Comme nous partageons la même chambre, une brusque intimité s'est installée entre nous, sans que nous l'ayons souhaitée. Aussi chacun essaie-t-il de la rendre supportable à l'autre. J'imagine également qu'il a besoin d'un compagnon plaisant pour le voyage, que cela lui permet de tromper l'ennui des routes sans fin, la promiscuité de la diligence, la mauvaise humeur et l'irritabilité de son père. Je reste cependant sur mes gardes dans ce compagnonnage obligé. Étienne est un garçon faux, versatile, prêt à tout ce qui peut servir son plaisir ou son intérêt, et à tout renier si cela lui est utile. Comment avoir la moindre confiance en un tel personnage ? Au fond de moi, il m'inspire un profond dégoût. Je l'ai surpris hier soir à rôder près des cuisines de l'auberge, après le souper. Malheur à l'infortunée qui se trouvera seule à ce moment-là ! Il a entrepris de me convertir aux jeux de dés et de cartes, mais je ne parviens pas à fixer mon attention sur des activités aussi vaines. Que m'importe qu'une carte rouge ou noire apparaisse, ou que le roulement du dé s'arrête sur tel ou tel nombre ! Je n'ai rien à miser, mon seul salaire est le vivre et le couvert, et surtout ce que j'apprends du Maître, qui me permettra un jour, j'espère, de devenir peintre moi aussi.

La main, le geste, le visage. Tout ce que je peins tient là, dans cette mystérieuse trinité. Car c'est à cela que nos jours se résument, en fin de compte.

On m'a fait remarquer un jour que mes visages ignorent celui qui regarde la toile, comme indifférents à sa présence ou à son absence. Peut-être est-ce la vérité, après tout. Je n'éprouve aucun intérêt à représenter des êtres qui vous dévisagent du haut de leur cadre. Des airs altiers, décidés, autoritaires, comme le demandent les nobles pour leurs portraits, ou réfléchis, attentifs, pleins de bonté vraie ou feinte, la main posée sur quelque livre pieux, comme le désirent les ecclésiastiques.

Je peins le ravissement, l'oubli du monde, dans un bras tendu, une main posée. Je peins l'être qui se laisse atteindre dans des régions de lui-même ignorées. Sa meilleure part.

Ni rivières, ni étangs, ni bêtes, ni arbres, ni nuages, ni champs à labourer, ni moissons. Ni fleurs, ni terres à blé, ni cahutes de paysans. Ni malle-poste devant l'auberge, ni femmes au marché, à caqueter, panier sur la hanche. Je conçois qu'il me reste bien peu de choses à montrer, mais c'est là ma voie et je n'entends pas en dévier.

Nous voilà en route pour Paris. Cahots, nids-de-poule, ornières sur la route, puces et punaises dans les lits, sauces et viandes grasses à table. Tous les jours. Dès qu'un galop se fait entendre, nous nous préparons tous au pire et chacun s'apprête à défendre chèrement sa vie. Jusqu'ici, ce ne furent que fausses alertes. Ce périple est interminable. Ai-je eu raison de l'entreprendre ? Par moments je doute. J'ai le dos brisé, les jambes raides, les épaules douloureuses. Pas une journée pour racheter l'autre. Nous avons l'impression d'être embarqués sur un océan dont on ignore les confins. Étienne et Laurent ont l'air de s'en trouver bien, cette odyssée commune paraît les rapprocher. C'est bien le seul avantage que j'y trouve actuellement.

La chambre sera-t-elle un peu plus ou un peu moins crasseuse que celle de la veille, et la tourte aux rognons, un peu plus ou un peu moins salée ? Le vin, un peu plus ou un peu moins acide ? Nos surprises se résument à peu de choses. J'ai vieilli. La lumière vive me brûle les yeux et le refuge de mon atelier me manque. Il est trop tard pour ces regrets. C'est moi seul qui ai voulu partir.

Je crains pour mon tableau plus que je ne saurais dire. Malgré les soins apportés à sa protection, je ne serai tranquille qu'au moment où il rencontrera son destinataire. Ensuite, c'est à une autre angoisse que je devrai faire face : lui plaira-t-il, ou non ?

Les heures mornes du voyage sont propices aux idées noires, et il me tarde que cela cesse. Et demain, une nouvelle épreuve nous attend. À Châlons, nous quitterons la voie terrestre pour l'eau et descendrons ainsi jusqu'à la capitale, c'est ce qui nous a été conseillé par tous. On dit que c'est la façon la moins dangereuse de se déplacer dans ce pays dévasté. Nous allons rejoindre un convoi de marchands. Quelle leçon d'humilité !

Nous avons été retardés hier pendant de longues heures par un essieu brisé, faute de forge à moins de dix lieues, et nous avons failli manquer l'embarquement du convoi fluvial à Châlons. Il a fallu forcer les bêtes pour arriver à temps, le ton est monté entre le Maître et notre cocher qui rechignait à les épuiser, non par pure bonté de cœur, car je l'ai vu bien peu avare de coups de fouet ; il se contente de ménager son outil de travail. Le Maître n'a pas l'habitude qu'on lui résiste et il s'y connaît en chiens et en chevaux aussi bien qu'un paysan, on ne lui en remontre pas à ce sujet. « Si vous n'économisiez pas sur l'avoine comme je vous l'ai vu faire depuis le départ, vos bêtes ne peineraient pas tant, à faire pitié avec des creux gros comme le poing entre les côtes. Il suffit, maintenant ! » Excédé, il a jeté quelques pièces sur le sol boueux et s'est éloigné, la mâchoire serrée et l'œil sombre. Nos quatre malheureux alezans ont fini par nous conduire à temps, mais quelle tristesse de les voir, les yeux exorbités, les naseaux dilatés, les flancs écorchés par le fouet ! Des figures d'épouvante propres à nous harceler la nuit.

À notre périple sur les chemins a donc succédé un voyage par voie d'eau. C'est la première fois pour Étienne et pour moi. La plus grande agitation nous attendait. Marchands, mercenaires, voyageurs isolés, comme nous, cherchant la sécurité du groupe dans un réflexe de troupeau craintif.

Quantité de ballots, de caisses, de tonneaux encombraient les berges de la Marne dans un furieux désordre. Ce sont là des scènes que je veux un jour dessiner. Nous n'avions que quelques malles, un simple sac pour moi, et notre précieux saint Sébastien. Le Maître a encore dû donner de la voix, soucieux de tenir son rang par rapport aux marchands, et surtout de veiller à ce que le tableau ne soit pas écrasé par des tonneaux de grains ou de lard fumé. C'est étonnant de le voir aller de long en large, en bottes crottées, les traits fatigués et rongés de barbe, pestant contre deux négociants en étoffes prêts à entasser leurs ballots de drap sur notre précieuse cargaison. Nul n'aurait pu l'imaginer à ce moment-là vivant de nuit, de feu et de silence en son atelier.

Curieuse sensation, celle de se trouver avec de l'eau sous les pieds, isolé par un plancher instable.

Mais quelle découverte de voir les rives et les arbres de cette façon-là, avec tant de lenteur ! Le paysage livre des secrets inattendus. Cela aussi je le dessinerai un jour, comme ces chevaux et ces mulets qui peinent sur le chemin de halage pour faire avancer notre coche d'eau, ou le reflet tremblant des arbres dans l'eau, qui dessine un monde inversé. J'ai parlé avec l'un des mariniers, qui a accepté de satisfaire la curiosité que je montre pour son activité en répondant à mes questions les plus sottes. Ainsi ai-je appris que bien souvent les bêtes ne tiennent pas plus de trois années à ce travail qui sollicite violemment leurs jambes et leurs épaules. Épuisées, on les utilise ensuite jusqu'à leurs dernières forces pour tirer des carrioles ou porter des charges plus légères, et quand elles n'en peuvent plus elles finissent sous le couteau pour toute récompense de leur vie de labeur, à moins qu'elles ne s'effondrent pour ne plus se relever. Pour ce marinier, c'est l'ordre naturel des choses.

N'étaient les voix, les cris, les interpellations qui ne cessent pas un instant, je me réjouirais de la douceur de cette façon de voyager. J'ai déjà oublié les cahots de la route et les ornières, le martèlement obsédant des sabots et les cris du cocher ; j'ai aussi oublié toutes mes appréhensions à quitter la terre ferme, j'en souris maintenant. Il me semble que nous appartenons au paysage et qu'il s'offre à nous, alors que sur la route nous y pénétrons dans la brutalité d'un équipage.

Le plus beau moment est celui du soir. Le feu des discussions ou des jeux de cartes improvisés entre deux tonneaux s'apaise et le silence par-

vient à s'installer. Les hommes ont hâte d'arriver à l'étape, de partager quelques pichets devant une flambée, de dégourdir leurs membres réduits à si peu de mouvements pendant tout le jour.

Cette lenteur qui me ravit exaspère Étienne, qui fixe d'un air morose les berges de la Marne et les arbres qui la bordent. Il soutient qu'on aurait pu poursuivre le voyage par la route, que nous serions déjà arrivés au lieu de nous morfondre au milieu des caques de harengs, mais je crois qu'il a tort. Des mercenaires casqués et armés ont pris place à nos côtés et les détrousseurs des chemins ne se risqueraient pas à attaquer sur l'eau. S'ils étaient pris, justice serait vite rendue, un arbre et une corde, s'ils n'étaient d'abord passés au fil de l'épée.

Demain, nous arriverons à Paris, peu après le confluent de la Marne et de la Seine. Je partage maintenant l'impatience de tous, mais dans ma joie une pensée douloureuse me taraude. J'aurais tant aimé raconter cette équipée à mes parents, à mes frères et sœurs, en me réjouissant de leurs mines incrédules ou émerveillées. Cela ne sera pas.

Maître de La Tour a dû s'apercevoir de mon chagrin. Il s'est approché de moi et a posé une main sur mon épaule, une pression ferme et chaude. « Allons, Laurent, ne reste pas dans tes pensées que je devine bien sombres. La vie est longue, et nous avons tous notre lot de peines, je le sais. Ne laisse pas les idées noires se poser sur toi comme un vol de corbeaux sur un arbre. »

C'était la première fois qu'il me parlait si longuement, je crois.

Tu m'avais promis un week-end, un vrai, départ de Paris, hôtel de charme et jolie table. J'avais acheté de la lingerie, de la soie parme à incrustations de dentelle ivoire, je m'en souviens, à un prix insensé, dans une boutique où le regard de la vendeuse s'était attardé une seconde de trop sur mes chaussures et mon manteau.

Lorsqu'elle avait saisi ma carte bleue de deux doigts trop longs et trop nacrés, j'avais été prise d'une soudaine panique. L'air faussement détaché que j'arborais ne m'était d'aucun secours. Terreur. J'avais l'impression qu'on voyait bondir mon cœur sous mon pull, qu'on entendait battre le sang dans mes carotides. Et si ma carte ne passait pas ? Paiement refusé. Ça m'était arrivé une fois, lors de mes courses hebdomadaires, une bête histoire de plafond dépassé, et une erreur de la banque, en fait. Stupeur et gêne à la caisse, mais rien de tragique. Soupir compréhensif de la caissière. *On en est tous là, vous savez, madame.* Rien de tel ici, je savais que je n'assumerais pas. J'anticipais déjà le regard de la vendeuse. Une pouilleuse qui veut jouer à la dame riche. Imposture. J'avais composé mon code, les doigts moites, sur le terminal posé sur le comptoir en bois exotique. Code valide. Paiement accepté. Les ongles de Cruella m'avaient tendu avec dédain ma carte et le ticket. Énorme envie de la claquer et de lui écraser le nez sur le comptoir.

Je m'étais contentée de partir sans un mot, feignant une indifférence distinguée, avec au bout des doigts un précieux sac de quelques dizaines de grammes qui m'obligerait à toutes les restrictions jusqu'au prochain contrat de traduction. Je m'en étais voulu, à peine sortie de la boutique, de cette envie imbécile d'éternelle fauchée hypnotisée par une vitrine aux prix indécents, de cette humiliation consentie dans le seul but de te plaire. J'avais repris mon souffle, comme si je venais d'échapper à un danger démesuré, et aussi à cette pénible impression d'avoir le solde pitoyable de mon compte bancaire tatoué sur le front. J'entendais même une voix acide qui me chuchotait à l'oreille : *Mais qu'est-ce que tu fous là ? Tu sais bien que ce n'est pas ta place. À quoi tu joues ?*

Je me voulais irrésistible. Te surprendre. Aller au-devant de ton désir, de tes fantasmes. Que ces soirées à venir soient des fêtes troublantes, brûlantes et inoubliables. Que tu jouisses à en perdre la tête. Je ne sais plus où nous devions partir, l'un de ces jours de mai où la ville est déserte. Bourgogne, Normandie, qu'importe. J'étais arrivée chez toi la veille au soir, un sac léger à l'épaule, phosphorescente de bonheur.

Au matin, tu dormais d'un sommeil lourd, pâteux. Le réveil avait sonné tôt pour nous permettre de prendre la route et de profiter de la journée. Je m'étais levée aussitôt, j'avais préparé mon café et l'avais bu comme d'habitude, debout à la fenêtre, puis j'en avais fait un pour toi et je te l'avais apporté. Je t'avais touché l'épaule pour te réveiller. Et, là, tu avais hurlé, alors que tu semblais au creux du plus profond des sommeils. *Mais tu vas me foutre la paix, oui ?* Et d'un geste de colère tu avais arraché le drap pour t'y envelopper et retourner à ta nuit. La tasse m'avait échappé des mains, le café avait inondé le lit et m'avait brûlé les jambes. J'avais crié de surprise et de douleur, je voyais le lit souillé, les taches brunes progressant en longues sinuosités erratiques. La tête enfouie sous ton oreiller, tu ne t'étais aperçu de rien.

Tes mots m'avaient fait mal, bien plus que le café renversé. Sans cela, peut-être t'aurais-je excusé une fois de plus. J'aurais compris ta fatigue et ravalé ma déception. C'en était trop. Tu ne pouvais pas me parler ainsi. L'impression glaçante qu'à ce moment précis, la mise au point s'effectuait avec une netteté saisissante. Cette hargne, cette colère que je découvrais en toi. Cette haine, peut-être.

Je me suis vite habillée, j'ai rassemblé toutes mes affaires qui se trouvaient chez toi, vêtements, quelques livres, trousse de toilette, maquillage, j'ai tout enfourné dans mon sac de voyage. J'ai posé tes clés sur la table du petit déjeuner et je suis partie en tirant la porte sans bruit. Dehors, il faisait beau.

Après quelques pas dans la rue, j'ai dû m'arrêter. Je tremblais. Et un spasme, l'estomac tordu, soulevé. Un haut-le-cœur. Un vomissement. Un jet noirâtre, un seul. Le café. Tu vois, je n'aurai rien emporté de chez toi. En ce début de long week-end, la rue était déserte. Prise de vertige, j'ai dû m'asseoir à même le trottoir, attendant que les spasmes s'apaisent, que les battements de mon cœur ralentissent. Je m'efforçais de respirer doucement, longuement, puis je me suis relevée, j'ai repris mon sac et je suis rentrée chez moi, assoiffée, la bouche amère. Je ne désirais que trois choses : un verre d'eau fraîche, une douche, et t'oublier.

Notre histoire s'est arrêtée là, sur ce triste réveil et cette porte même pas claquée, mais fermée sans retour. J'avais accompli ce que tu n'avais pas eu le courage de faire, ce que tu attendais que j'achève à ta place. Je ne sais pas si tu t'es seulement réveillé, je n'en jurerais pas. Nous ne nous sommes jamais revus.

Mon doux, mon tendre, mon merveilleux amour... Être quittée, c'est un risque consenti au premier regard. Mais partir, c'était autre chose. C'était renoncer à toi de mon propre chef. Ne plus te voir, ne plus t'entendre, te sentir, ne plus t'appeler, te toucher, parce que je l'avais décidé. J'acceptais de renoncer à toi, à nos rituels, à nos habitudes, de renoncer à notre langage commun, à nos échanges codés, intraduisibles, à ces choses minuscules qui, ensemble, finissaient par dessiner une image unique, celle d'un *nous deux*, précieuse et dérisoire.

Nous sommes sans nouvelles de Lunéville depuis notre départ. La maison doit leur sembler bien vide sans nous trois, j'imagine, ou peut-être au contraire se réjouit-on de notre absence, puisque le travail y est sûrement allégé pour chacun.

Étienne se montre toujours imprévisible, désinvolte, cassant, et je sens une tension pénible s'installer entre son père et lui, des gestes agacés, des mots retenus à grand-peine. Je m'efforce quant à moi de me rendre invisible dans ces moments-là, car je n'ai pas à être le témoin de leur mésentente. Je crois qu'Étienne souffre en cachette d'être le fils d'un grand peintre, écrasé par son prestige, son talent, et condamné à marcher sur ses traces sans le vouloir vraiment.

Ma situation est tellement différente ! Je rends grâce chaque jour du miracle survenu dans ma vie, en dépit des malheurs que j'ai connus. Peindre est ma seule passion, c'est ce qui fait défaut à Étienne, et je sais qu'il me l'envie en secret. Nul n'est satisfait de son sort.

De tout cœur, j'espère que le projet du Maître aura du succès et que le roi sera touché par sa façon de peindre ; ce ne serait que justice. Cet honneur nous comblerait tous. Je n'arrive pas à croire qu'en découvrant la toile, le roi verra le visage de Claude lui apparaître. Aucun homme, fût-il roi, ne pourrait y demeurer insensible. Mais personne ne devinera les tourments de celle qui a prêté ses traits.

L'hôtel de la Rose d'argent n'est pas une adresse luxueuse, mais en comparaison de ce que nous venons de vivre, c'est un havre d'une douceur incomparable. Les chambres sont lavées et balayées, le linge est propre, d'honnêtes flambées crépitent dans les pièces, le vin est acceptable. Un paradis après ces jours de purgatoire !

Et, suprême soulagement, mon saint Sébastien n'a pas souffert. J'ai eu l'impression de le découvrir, ce matin, lorsque je l'ai fait extraire de sa caisse et de ses couvertures. Est-ce bien moi qui l'ai peint ? J'ai senti ma gorge se serrer en le regardant. Claude, Jérôme et Marthe nous ont donc accompagnés jusqu'ici, en se glissant dans les destinées sacrées qu'ils figurent. Je songe qu'il en est de même pour moi. Mon œuvre est plus grande que ne le sont ma personne et ma vie.

Dès demain, je vais devoir entreprendre les visites indispensables et montrer mes lettres de recommandation. Bien des courbettes à venir, de vains compliments à réciter, des propos sans intérêt à écouter d'un air pénétré, mais c'est la règle qui prévaut ici. On a la nuque raide ou l'échine souple. Il faut choisir, si l'on veut réussir

150

en ce monde. Ma difficulté est d'être bien embar-
rassé par ce choix, d'autant que ces attitudes
alternent en moi, sans que ce soit forcément au
meilleur moment.

Je n'arrive pas à détacher mon regard du visage de la jeune femme du tableau. Ni de la légèreté de ses mains sur la blessure, comme des ailes bienveillantes qui emporteront la douleur au loin et la laisseront se dissoudre dans la nuit.

Je n'ai pas de photo de toi. La seule que j'aie gardée de cette époque, je l'ai retrouvée par hasard dans un livre où je cherchais un passage que j'avais aimé. C'est toi qui l'avais prise. Un matin, par surprise, au bord de la mer, où nous avions passé le week-end. Je suis pieds nus, un jean passé par-dessus une nuisette, un de tes pulls sur les épaules, comme souvent, et je te regarde, riant et protestant d'être ainsi saisie, ni coiffée ni maquillée. Je comprends pourquoi je n'ai pas osé la détruire. Je me souviens très bien de la scène. C'est toi qui étais dans mon regard, tellement toi.

Nous avions traversé une Normandie de carte postale. Un paysage de reportage pour magazine de décoration. Un rêve de Parisien épuisé. Une fois l'autoroute quittée, c'est le bocage qui s'était offert à nos yeux, le bocage avec ses vaches roux et blanc rumineuses sous les pommiers en fleur, avec ses résidences secondaires à colombages, trop jolies, trop propres pour être confondues avec des fermes, voitures de sport décapotables et Range Rover couleur de nuit, chromés miroir, pare-buffles au vent, posés sur les allées de gravier.

Ta voiture confortable, silencieuse. Ta *playlist* parfaite pour le voyage. Cocktail rock, jazz et blues, un peu de tango tendance Piazzolla, un peu de classique sans surprises. Alternance mesurée, rien de très audacieux, de très original, un choix que j'aurais trouvé fade, trop prudent en d'autres circonstances, mais qui convenait pour l'occasion. Nous nous connaissions encore peu. Tu conduisais avec aisance, souplesse. Aucune hésitation, tu connaissais la route par cœur. Belles mains sur le volant. J'ai observé ton profil. Rien à redire. Ta chemise en jean t'allait bien, tu étais parfait. J'avais beaucoup de chance.

Peu à peu, les routes se sont rétrécies, la départementale s'est faite chemin cahoteux bordé d'herbe d'un vert presque fluorescent, puis allée privée. Tu semblais chez toi là-bas, je n'étais pas la première que tu invitais dans cette thébaïde au bord de la mer. Le temps des premières fois était révolu depuis longtemps pour chacun de nous, je m'efforçais de chasser cette pensée grinçante.

L'hôtel était parfait lui aussi. Charmant. Rien de clinquant, de tape-à-l'œil, de trop luxueux ou de kitsch néocampagnard. Une maison d'hôtes simple et raffinée, conforme à la doxa du moment en matière de décoration intérieure.

Sitôt la porte de notre chambre franchie, nous avions fait l'amour. Bien sûr. Nous étions venus pour ça, pour nous découvrir hors de notre temps et de notre espace quotidiens, pour nous inventer une bulle, une bulle qui garderait le souvenir de nos caresses.

Tu es un amant parfait, je n'ai rien d'autre à dire. Des mouettes indiscrètes s'affolent autour du balcon, je ne sais ce qui les agite ainsi, et la plage est là, à quelques pas. Tu sors de la douche. Toujours la douche, très vite après, avec toi, je l'ai découvert plus tard. Pas envie d'eau sur moi pour le moment, ni de cheveux mouillés dans le cou, pas envie de bouger, je reste dans ton odeur d'homme, dans les draps défaits, les vêtements dispersés.

Tu proposes. *On va faire un tour sur la plage ?* D'accord. J'avais oublié, il faut bouger, avec toi. Bouger, faire quelque chose, ou téléphoner, ou vérifier ses mails, ou suivre les actualités sur Internet. Nous sommes descendus à la plage, enlacés, comme on dit parfois dans les romans. Nos pas sur le sable, etc. Il fait bon, le soleil n'a pas encore renoncé. Le sable a pris une couleur de bronze doré, nous marchons au ras de l'eau, évitant les dépôts d'écume molle, blanchâtre. Un peu de vent, bien sûr, juste ce qu'il faut pour le sentir sur la peau. Où sont les caméras ? Ne rien dire, ne rien vouloir d'autre, ne pas briser cet instant miraculeux. Cadeau.

Nous sommes à marée descendante, le mouvement des vagues a ridé le sable, creusé des cuvettes où l'eau demeure, tiède. Le mouvement de la marée a déposé son tribut le long d'une ligne serpentine. Laisses de mer. Des algues, lanières brunes, brillantes, terminées par des vésicules noirâtres, laitues de mer vert printemps ou paquets de filaments rougeâtres d'où tentent de s'extraire de minuscules crabes blancs. Bois flottés, morceaux de liège, capsules en plastique, petits galets blancs ou gris, lisses comme des bonbons, coquillages.

C'est plus fort que moi. Je m'accroupis près de l'une de ces concrétions vouées à être emportées par la marée suivante. Soudain, j'ai cinq ans. Je suis vêtue d'un ensemble en éponge rouge, avec un bob blanc sur la tête et des « méduses » en plastique translucide aux pieds. J'ai à la main un seau jaune vif, carré, avec une anse turquoise, idéal pour construire les plus belles tours d'angle du plus beau des châteaux forts de toute la plage. Une autre plage. Accroupie, le nez dans les genoux, intensément concentrée, je traque le trésor. Mes doigts sont habiles à le dénicher sous les paquets d'algues et les os de seiche. Je cherche les « ongles », minuscules coquilles de bivalves, roses ou corail clair ; les « grains de café », microscopiques, à la surface striée, beige ou rosée, miniatures de ces coquillages tropicaux que l'on nomme « porcelaines », doux et arrondis, semés d'ocelles comme un dos de guépard ; et aussi les « pyramides », tout petits cônes formés d'une volute contournée, terminés par une pointe aiguë, dont l'enroulement est semblable à celui du nautile.

Je cherche le nombre d'or. À cette récolte je joins quelques galets doux comme des dragées, et parfois, miracle et apothéose, une petite étoile de mer. Je suis la princesse de la plage, la princesse du monde, la princesse de ma vie. Moment parfait, arrêté. Nirvana. Après, la chute. La princesse a perdu son royaume.

Que s'est-il passé ? Quand est-ce arrivé ? Retrouver l'instant de la fracture, lorsque les choses ont basculé. À l'école. Au moment d'apprendre à écrire. Main gauche, facile. Non, pas question. Main droite. Main droite ? Douleur. Je ne sais plus faire. Trop difficile. La page se remplit de taches et de vilains traits. Tu ne peux donc pas t'appliquer, comme tes camarades !

Apprendre à danser. Justaucorps rose poudré, collant académique, cache-cœur, guêtres d'échauffement et chaussons satinés, cheveux attachés haut sur la nuque, aïe ! ça tire sur les tempes ! Enfin, je vais redevenir une princesse. Parquet ciré, barre et miroir, pianiste. Musique, s'il vous plaît. Pas chassés en avant, jambe droite tendue en arrière, bras en couronne, puis bras gauche tendu vers l'avant. Traverser la salle en diagonale, tête haute, plus haute, mademoiselle. Regarder un point fixe sur un horizon imaginaire. Inverser. Jambe gauche et bras droit. Panique. Tétanie. Vissée au plancher, alors que toutes les autres se sont envolées à l'autre bout de la salle. Eh bien, qu'attendez-vous ? Reprenez. On vous attend. Musique, s'il vous plaît. Droite, gauche. Gauche, droite. Les larmes coulent. Trop difficile. Non, je veux y arriver. Je vais y arriver.

Après mon échec, mon désastre, je suis devenue silencieuse. Parler, pour quoi faire ? Pour quoi dire ? Les faits avaient parlé d'eux-mêmes. Seule la page blanche écoute, caresse, console. Aujourd'hui encore, je cherche les mots comme les coquillages. Le nombre d'or. L'accord parfait. L'imperceptible et nécessaire dissonance. Page blanche. Plage blanche. J'ai cinq ans pour toujours. Tes Docksides bleues, fatiguées, s'immobilisent à quelques centimètres de mes doigts. Tu écrases mon trésor. Ta voix, soudain, avec une impatience, une imperceptible dureté que je ne lui connaissais pas et qui me fait sursauter. *Mais qu'est-ce que tu fabriques ? Il y a vingt minutes que je t'attends !* Impatience. *Tu sais que tu es bizarre par moments ? Désolée, j'arrive.* Je me suis rarement sentie si seule. En une fraction de seconde, j'ai réalisé que tu resterais à l'extérieur de mon monde. Je n'ai pas voulu le savoir.

Paris. J'assiste Maître de La Tour dès qu'il me le demande. Il sort peu, tout occupé à écrire des lettres et à en espérer des réponses. Je vois que cette attente lui pèse, son attitude s'en ressent.

Je n'ai pas assez d'yeux pour dévorer tout ce qui s'offre à moi. Étrange ville, tout compte fait. Bousculades, promiscuité, puanteur. Les rues sont étroites et sombres, on s'y fait dépouiller en moins de temps qu'il n'en faut pour le dire, tant les tricheurs et voleurs de toute espèce grouillent dans les ruelles. Mes pas me ramènent sans cesse à Notre-Dame, et à la Sainte-Chapelle dont la splendeur brûle le regard et qui suffirait à elle seule à me combler de ce voyage. Étienne a repris ses distances, comme je m'y attendais ; il ne cherchait ma compagnie que pour tromper l'ennui du trajet.

Il ne fait que de courtes apparitions à l'hôtel de la Rose d'argent où nous sommes installés. Dès qu'il le peut, il retrouve de nouvelles connaissances à la taverne. De l'extérieur, on entend glapir, brailler et chanter. C'est ce qui lui plaît. Je n'ai quant à moi ni ce goût ni les moyens d'assouvir ce genre d'activité. Je crayonne tout ce que je peux, églises, ponts, scènes de rue et de marché.

Je commence à me trouver bien ici. Je ne crains qu'une chose, c'est de manquer de papier et de ne pouvoir m'en procurer. Je constate aussi combien il est plaisant de pouvoir marcher au hasard sans être connu de quiconque.

Je déteste cette ville, ses mœurs et ses habitants ! On vous reçoit du bout des lèvres, en vous toisant après vous avoir fait patienter un temps infini dans des antichambres sans feu, grandes comme des salles d'auberge. On vous juge, on vous jauge, on vous renifle. Mes lettres de recommandation ont heureusement l'air de faire grand effet. Une fois lues, le ton change. Je me vois offrir une coupe de vin doux et des pâtes de fruits ou du pain d'épice. On me promet une entrevue, un jour prochain – soyez patient, mon ami –, avec une personne qui peut approcher quelqu'un de haut placé, et ainsi parvenir jusqu'au roi comme on monte les degrés d'une échelle. Si l'on montre un air pressé, c'en est fini. Il faut apprendre le feint détachement, l'ironie, l'air entendu, la désinvolture. Tout ce qui m'est étranger. Enfin, c'est une lettre, portée à l'hôtel de la Rose d'argent par un laquais noyé sous les galons et les broderies, chamarré comme un tambour-major, l'air plus arrogant encore que ses maîtres, qui vous fixe une prochaine audience. Ne pas avoir l'air d'attendre, montrer que cela nous contrarie presque. Demain ? Que cela est fâcheux ! Le comte de La Ferrière m'a déjà fait l'honneur de me prier de venir le voir. Pourra-t-il un jour me pardonner ? C'est à ce prix-là qu'on vous considère.

Les pièces d'or et d'argent filent entre les doigts comme l'eau d'un torrent, si l'on n'y prend garde. Je viens de faire les comptes et d'écrire à Diane. Qu'elle ne s'inquiète pas. Paris se fait attendre, se dérobe comme une coquette qui agite ses jupons sous votre nez avant de les rabattre et de s'esquiver dans un éclat de rire. Le temps de notre province n'est pas à la mesure de celui d'ici, où le sablier se montre capricieux, avec d'insupportables lenteurs et de brutales accélérations.

Difficile de croire enfin réel ce qu'on a si longtemps attendu. Demain, le roi m'accorde audience. Il est convenu que je lui présenterai mon saint Sébastien. Je suis conscient de jouer mon honneur et ma réputation dans l'instant d'un regard, celui que Louis XIII, roi de France par la grâce de Dieu, daignera poser sur ce tableau.

J'ai appris ta mort quelques années plus tard ; elle remontait à presque un an. Un de tes amis avait trouvé mon numéro de téléphone sur Internet et m'avait jointe pour une tout autre raison. Il voulait m'inviter au vernissage d'une de ses expositions de photos. J'aimais son travail, je possède d'ailleurs un de ses tirages en grand format, c'est à peu près tout ce qui me reste de ce temps. Il regrettait de ne plus avoir de mes nouvelles, *surtout depuis l'accident*. Quel accident ? J'ignorais tout, il s'en est aperçu et je l'ai senti affolé, confus, sincère. J'ai posé des questions. Il a fini par parler.

Ta voiture avait fait un vol plané au bout d'un virage sur cette corniche, sur cette route que nous avions déjà empruntée ensemble. Je m'en souviens. J'avais admiré ta maîtrise, ta souplesse, ta vision de nuit si perçante, ton aptitude à prévoir chaque courbe. Tu savais où l'on pouvait doubler sans risque et où il convenait de ralentir.

Personne ne m'avait prévenue, j'avais déménagé, aucun de tes amis ne connaissait mon numéro de téléphone, je n'avais existé à leurs yeux que par toi. Je n'étais qu'un simple prénom, la silhouette qui t'accompagnait à ce moment-là. J'ai fini par apprendre que, cette nuit-là, il n'y avait ni pluie, ni brouillard, ni neige, ni verglas. On n'avait trouvé aucune trace d'alcool dans ton sang.

J'ai douté. Je ne doute plus depuis longtemps déjà. Je crois que tu t'es libéré de toi-même cette nuit-là, de ta navigation entre des icebergs de plus en plus menaçants, de tout ce que tu ne pouvais résoudre et ne savais accepter. J'ai dit que je ne pourrais pas venir au vernissage, que je n'étais pas disponible à cette date. Je n'ai pas dit que je le regrettais. J'en ai fini avec les regrets.

Je regarde le visage attentif, amoureux, d'Irène. Ma seule certitude, maintenant que le temps a apaisé ce qui devait l'être, est de t'avoir offert la meilleure part de moi-même, et de te garder, par-delà ce qui me semble des siècles, une ineffaçable tendresse. Je n'ai pas réussi à te donner l'envie de m'aimer ni celle d'être heureux. Tu étais seul à écrire ton histoire. J'ai tout éprouvé avec toi. Après la joie, le plaisir, le ravissement, il y a eu de la place pour la déception, le doute, la colère, le dégoût, la lassitude, la tristesse. J'avais fui, comme toi-même tu avais fui une autre histoire. Je repartais seule, blessée de ce que nous avions vécu. Ou bien étais-je seule à l'avoir vécu ?

Étienne et Laurent m'accompagneront, ils porteront la toile dans le large cadre de bois doré qui la tient. Nous avons sorti des malles les précieux vêtements que nous porterons pour cette occasion. Je ne m'y sens pas à l'aise, je crains l'accroc, la tache. Comment peut-on se vêtir de la sorte chaque jour ?

Aussi longtemps que Dieu me prêtera vie, je me souviendrai de ce jour. De chaque instant, de la couleur du ciel à la charrette versée qui nous a immobilisés un long moment sur le Pont-Neuf. J'ai cru que Maître de La Tour allait estourbir de ses propres mains le malheureux cocher. J'ose à peine relater cet événement, mais la réalité est celle-ci : de mes yeux, moi, Laurent Collet, apprenti de Maître Georges de La Tour à Lunéville, en Lorraine, j'ai vu le roi de France. Il n'y a rien d'autre à dire, car tout est dans ces mots.

Avec Étienne, nous avons suivi Monsieur de La Tour, lui-même guidé par quantité de messieurs dont la qualité et l'importance semblent tenir à l'épée qu'ils portent et à un volume de plumes plus ou moins important à leur chapeau. On passe d'une pièce à l'autre, de couloir en couloir, d'un étage à l'autre. Tous ces hommes ont la mine grave et affairée, ils s'entretiennent à voix basse et nous les imitons, de peur de faire résonner nos voix dans ces gigantesques escaliers. Nous avançons à pas prudents, car nous portons le tableau, recouvert d'une toile pour le protéger, mais aussi pour lui garder son mystère. C'est le roi, et personne d'autre, qui doit le découvrir en premier. Je porte un chevalet pour le présenter, fixé par une sangle à mon épaule, et je fais bien attention de ne pas trébucher.

Comment décrire le regard du roi lorsque le Maître a retiré la pièce de tissu ? C'est un regard dont je me souviendrai jusqu'à ma dernière heure. Ses traits sont restés impassibles, mais il a interrompu son geste, et son regard s'est figé. J'ai su alors que le Maître avait gagné. Une fois revenu à l'hôtel de la Rose d'argent, je suis sorti marcher seul, et dans la rue j'ai pleuré de joie.

Un jour, j'ai encore retrouvé quelque chose qui avait échappé à mes rangements. Pliée dans une pile de vieux pulls, une chemise canadienne à carreaux, noire et rouge, elle t'appartenait et j'aimais la porter à la maison. J'ai sursauté en la voyant, comme si c'était toi, vivant, présent, que je dépliais avec stupeur. Cette chemise, c'était toi, trop toi. Le souffle coupé, j'ai résisté de toutes mes forces pour ne pas y plonger le visage, et tenter d'y retrouver ton odeur. Je suis sortie de la pièce en courant, comme poursuivie par un fantôme.

Je l'ai brûlée, ta chemise, en triste autodafé de notre histoire. Les mains autour des flammes pour me réchauffer de toi une dernière fois. Non, rassure-toi, je ne me suis pas jetée dans le feu, telle une veuve indienne condamnée au sati. Tout était déjà consumé en moi.

Sous mes yeux, sur le mur en face de mon ordinateur, le tirage que j'avais acheté à cet ami photographe. Un funambule assis sur son fil, les jambes dans le vide. Il croque une pomme tout en scrutant le ciel. Son câble divise l'espace en deux, ciel et terre. On dirait un travailleur au repos, profitant d'une pause pour se restaurer. Le ciel est bleu, vif, avec quelques nuages très blancs, festonnés comme ceux que dessinent les enfants. La chemise de l'homme est blanche aussi, on le dirait vêtu d'un morceau de nuage. J'avais été émue par ce geste humble, quotidien, tellement décalé, et par la simplicité des lignes, de la lumière qui s'en dégageait. Aucune mise en scène. Je déteste les photos posées, arrangées, trop jolies. Lorsque j'avais vu cette photo pour la première fois, le mot d'Antoine Blondin m'était venu à l'esprit, *capturer l'instant au lasso*. J'en avais eu envie pour chez moi. Je l'avais ramenée dans son cadre en métro, une fois l'exposition décrochée ; le fil métallique me sciait les doigts malgré le foulard avec lequel j'avais tenté de les protéger. Je t'avais demandé de m'aider à l'accrocher, mais cela semblait exiger de toi un tel effort que je m'étais débrouillée seule.

Diane, ma chère épouse,

C'est à vous que je veux confier en premier ce qui est arrivé ce 12 mai 1639. Gardez cette date en tête comme l'une des plus importantes qu'il nous ait été donné de vivre à ce jour.

J'étais au Louvre ce matin, avec Étienne et Laurent ; le roi nous accordait audience. Imaginez-vous cela ? Après une longue attente dans un vestibule meublé de quelques bancs et de fauteuils recouverts de damas sombre, où une foule de solliciteurs, tous en grande tenue, faisaient les cent pas, on nous a introduits auprès du roi. C'est un grand cérémonial. Double porte battante, laquais en quantité, gentilshommes, officiers, religieux dont on ne connaît pas le rôle, mais qu'il importe de saluer bas, tant ils semblent ici chez eux.

Le roi est à sa table de travail, sobrement vêtu de noir. Un grand col blanc descend sur ses épaules. Il paraît très mince. Il a le visage étroit, le nez fort, le teint pâle et les lèvres très rouges. Le geste précis, mesuré. On lui présente des documents qu'il signe, on lui tend la plume, l'encre et les sels pour la sécher, la cire à cacheter et la bougie pour la faire fondre. On lui propose des rafraîchissements. C'est tout un ballet qui s'affaire, et chacun y apporte la plus grande concentration, de peur d'un faux pas qui le chasserait aussitôt hors de cet olympe. Le roi lève les yeux et nous voit enfin. « Approchez, Maître de La Tour. On m'a parlé de vous. Montrez-nous donc ce que vous nous avez apporté de si loin. » À ce moment-là, je deviens l'homme le plus bête du monde, ne sais quoi dire, oublie mon compliment, mes révérences.

Étienne et Laurent posent en hâte le tableau, toujours protégé par sa toile, sur le chevalet qu'ils ont apporté. Ils s'écartent ; nous attendons un signe du roi pour la dévoiler. « Eh bien ? Peut-on voir ? » Je ne sais si le roi est amusé ou impatient. Je retire le tissu et mon saint Sébastien apparaît.

Oui, Diane, mon amie, cela n'a duré que quelques instants, mais le roi a paru saisi, la coupe qu'il tenait à la main est restée à mi-chemin entre la table et ses lèvres. Il s'est levé, s'est approché, m'a regardé longuement, lentement, puis ses yeux sont revenus au tableau comme s'il ne pouvait s'en détacher. Enfin il s'est rassis, a fait appeler un des gentilshommes présents et lui a dit quelques mots à l'oreille. L'autre a acquiescé en me regardant.

« Très bien, Maître de La Tour. Laissez ici ce tableau. Je le désire auprès de moi. Monsieur de Cordeillan s'occupera de vous. Nous vous souhaitons un bon retour dans votre foyer. »

Voilà, Diane, ce qui s'est passé. Que dois-je en penser, maintenant ? J'attends que ce gentilhomme se manifeste à moi, il m'a demandé où je pouvais être visité. Me voici condamné à guetter son apparition, sans aucune idée du jour et de l'heure où il daignera se souvenir de moi. Je vous laisse, ma bonne Diane, Étienne vous adresse ses plus respectueuses salutations filiales. Embrassez pour moi nos enfants et dites à Claude, je vous prie, que son visage m'a fait ce jour le plus grand honneur.

Pendant ces longues journées où Monsieur de La Tour a attendu le gentilhomme du Louvre, j'ai beaucoup réfléchi.

Étienne se couvre maintenant d'une gloire facile et sans mérite dans toutes les tavernes du quartier, il croit faire belle figure auprès des dames en ayant acquis un chapeau si large et si emplumé qu'il ne pourra l'emporter dans la malle-poste. Il semble devenu un autre homme, pire que ce qu'il était auparavant. Plus arrogant, plus grossier, plus bruyant, s'il se peut. À croire que c'est lui qui a peint le tableau ! Il me donne la nausée. Je ne le supporte plus.

Mais que fait ce maudit Cordeillan ? Est-ce donc un jeu, ici, de faire attendre le monde à loisir ?

Onze jours que je ne suis sorti de cet hôtel, ou à peine, de peur de manquer l'émissaire du roi. Je deviens fou. Je ne peux ni manger ni dormir. Ni Étienne ni Laurent n'osent franchir le seuil de ma porte, tant ils craignent mon impatience et mon emportement.

Une lettre de Lunéville ! La chose semble à peine croyable, tant nous avons l'impression de vivre dans un autre monde. Monsieur de La Tour nous a fait venir dans sa chambre et nous en a fait la lecture. Je ne pourrai jamais dire combien j'ai été heureux d'être associé à ce moment, alors que je ne suis qu'un domestique. Le Maître est dur, exigeant, souvent distant, mais pour un tel geste je le suivrais n'importe où. C'est Diane, son épouse, qui lui répondait. Je crois en avoir retenu l'essentiel.

« Mon tendre ami,
Encore un courrier reçu ce jour après une nouvelle attente, nous sommes comblés et nous avons cru défaillir de bonheur ici. Nous étions tous bouleversés, mais c'étaient des larmes de joie et de fierté qui coulaient sur nos visages. Le roi désire acquérir votre saint Sébastien, dites-vous. Comment imaginer cela ? Nous attendons votre retour et celui des garçons avec impatience, tant il nous tarde de vous entendre nous raconter chaque détail de votre voyage.
Si le calcul des jours que nous tenons ici est exact, vous ne devriez plus nous faire attendre trop longtemps. Nous nous affairons en cuisine à préparer un repas digne de la nouvelle que vous rapporterez avec vous. L'office déborde déjà de fruits, de volailles, de sacs de farine, de pots de mélasse. De nos terres de Lunéville, notre régisseur vient de faire porter des cuissots de sanglier et de chevreuil, ainsi qu'un tonnelet de sa meilleure mirabelle, celle dont vous aimez tant le parfum. C'est notre façon de vous exprimer notre amour et notre admiration. Sachez que dans chaque portion que vous porterez à votre bouche, nous aurons mis tout notre cœur et tous nos sentiments. »

Monsieur de La Tour s'est arrêté là. J'imagine que la suite de la lettre ne concernait que lui et qu'il ne souhaitait pas nous en faire part. À sa lecture, je me suis transporté là-bas en pensée, j'ai senti le parfum des fruits et des sauces, et je n'ai éprouvé qu'une envie, m'y retrouver vite, malgré la joie que j'éprouve à découvrir les rues de Paris et à m'y fondre comme si j'y avais toujours vécu.

J'avais trouvé un nouveau travail, quitté Paris. Trop de lieux où nous avions déroulé le fil tremblant de notre histoire. Nouveau quotidien, nouvelles habitudes, nouvel appartement, nouvelle salle de sport. Nouveaux voisins, cafés, cinémas, commerces, trajets. Tout ce qui remplit une vie. Tu laissais en moi un vide immense, une béance impossible à combler. Pourtant, je n'ai jamais regretté d'être partie ce jour de mai. Je tentais de rendre mon présent habitable, comme on décore un nouvel appartement, juste pour ne plus s'y sentir de passage et trouver un point fixe quand tout tangue alentour.

Pourquoi toi ? Pourquoi tant ? Les élans de nos cœurs sont destinés à nous demeurer un mystère. *L'amour, c'est donner ce qu'on n'a pas à quelqu'un qui n'en veut pas.* J'avais souligné cette phrase dans un livre, un jour, et elle me revenait en pleine figure. C'est vrai : je ne possédais rien et tu n'en voulais pas ; tu ne voulais pas de mon putain d'amour pour toi. Tu le tolérais, là, sage, pas bouger, au besoin tu le réclamais, parfois tu t'y installais, comme à contrecœur. Tu ne le nierais pourtant pas, il m'est arrivé, je le jure, de te voir heureux.

De façon inexplicable, tu faisais surgir en moi une tendresse venue de très loin, qui me paraissait jaillir de profondeurs inconnues. Quelque chose cédait en me laissant désarmée.

Dans les temps qui ont suivi, et longtemps après, j'ai dû apprendre à lutter, à lutter contre moi-même. Si je n'ai pas regretté mon départ, j'ai dû combattre la tentation de savoir ce que tu étais devenu. Résister à l'envie de chercher la trace de certains de tes amis, renoncer à traquer sur Internet tes possibles évolutions professionnelle ou personnelle. Désir mêlé, de savoir, de ne pas savoir, de me défaire, mais aussi de retrouver cette addiction qui ne portait qu'un nom, le tien.

Le Ciel soit loué ! Monsieur de Cordeillan sort d'ici à l'instant. Il avait l'air d'un homme dégoûté par la mauvaise mine du lieu où il doit accomplir sa tâche, puis il a fini par se rasséréner et par me témoigner la plus grande considération. Il m'a fait connaître la volonté du roi et j'ai cru en défaillir. Je vais recevoir la somme de mille livres et le titre de « peintre ordinaire du roi ».

Ma peinture, m'a rapporté ce gentilhomme, lui a fait la plus grande impression. Ce qu'il m'a confié, sous le sceau de la confidence, dépasse mes rêves les plus audacieux.

Il m'a dit que le roi a ordonné qu'on installe sur-le-champ le tableau dans sa chambre à coucher, et aussi qu'on en retire toutes les toiles alors présentes, pour ne garder que la mienne.

À ces mots, ma vue s'est brouillée et j'ai dû m'asseoir. Je ne suis pas accoutumé à tant d'émotions. Les mots me manquent et je me sens impuissant à exprimer ce qui se bouscule en moi. Je suis exaucé. Au centuple. Est-ce possible ?

Quand j'ai rapporté ces propos, Étienne a exprimé une joie bruyante et commandé à boire avec autorité, en me faisant raconter cent fois les mots de notre visiteur.

Laurent a manifesté son contentement avec davantage de mesure. Lorsque mon fils a quitté la pièce, Laurent s'est approché de moi et a pris ma main pour la porter à ses lèvres. Il était bouleversé. J'ai eu envie de le serrer dans mes bras.

Pourquoi suis-je allée aussi loin dans cette histoire qui était, finalement, si peu la mienne ? Je ne sais m'expliquer comment tu as pu autant m'émouvoir, autant me séduire. Je ne sais pourquoi il fallait que je me confronte à une aussi grande douleur, à un aussi grand aveuglement. Peut-être ai-je cru qu'il me fallait donner pour être aimée, qu'il me fallait mériter ton amour. Comme ramener de bonnes notes de l'école, attacher mes cheveux, être sage et ranger ma chambre, travailler mon piano. Être aimée parce que aimable. Tiens-toi droite. Prends sur toi. Sois à la hauteur. Ne réclame pas. Cette terreur de ne plus être aimée si je n'étais pas parfaite.

Peut-être aussi parce que je vivais un ton plus haut avec toi, je me sentais plus vivante, comme si tu avais le don de rendre plus intenses les couleurs et les lumières autour de toi. Plus sombres, aussi, les jours où tu n'étais pas là. Tu semblais tout emporter avec toi. Tu vois, un peu comme ces traces qui apparaissent sur les murs lorsqu'on décroche les cadres après des années, et qui laissent deviner ce qui a un jour été.

Il m'a fallu du temps, beaucoup de temps, pour accepter l'idée d'autres rencontres, comme si tu avais emporté avec toi toute ma capacité, toute mon envie d'aimer. Je n'étais plus qu'une terre desséchée, stérile, dévastée. Lorsque j'ai pu, à nouveau, me laisser approcher, toucher, caresser, pénétrer, je ne cherchais que douceur et réconfort, incapable d'offrir ce que je ne possédais plus. C'est l'apaisement que je cherchais, comme un bain chaud et parfumé après des nuits de tempête, après des chevauchées héroïques, haletantes, où cavalier et monture finissent rompus dans un fossé.

Mes consolants. C'est ainsi que j'appelais ceux que je laissais peu à peu entrer dans ma vie. Avec horreur, je me rendais compte que je me comportais avec eux comme tu l'avais fait avec moi. Je me laissais faire, sans promesses, sans projets, sans engagement. Une présence évasive ; je ne pouvais donner plus. Comme toi, je cherchais l'oubli d'un amour perdu. D'un échec. La cicatrisation d'une plaie vive. Et peut-être est-ce à ce moment-là, finalement, que je me suis sentie le plus proche de toi, alors que nos vies ne se recroiseraient jamais. J'étais allée au bout d'une souffrance, celle de notre histoire, mais je ne suis pas certaine, en le prononçant là, que « notre » soit le mot qui convienne.

Tu vois, j'ai plongé dans ta nuit, je m'y suis abîmée. Puis l'aube est venue, doucement. Tu sais, ce moment où la nuit cède, s'efface, avec cette insensible modification des couleurs, des reliefs, des distances. Il est l'heure d'éteindre les lumières, de souffler cette flamme qui éclaire Irène et Sébastien et de se préparer à accueillir le jour qui vient. Il faut savoir chasser les ombres.

Je repense à ces heures d'atelier au cours desquelles le Maître a donné le meilleur de lui-même, ces heures que Claude a passées, immobile, penchée sur ce pinceau fiché dans une pomme. Il s'agit certes du fruit du péché, celui qui nous a contraints à quitter le jardin d'Éden et à éprouver le malheur de notre condition de mortels, mais par ce simulacre le Maître a donné naissance à ce qu'il a représenté de plus beau à ce jour. Cela demeure un mystère pour moi : comment cet homme sévère parvient-il à exprimer tant de douceur ? Je soupçonne une source vive au plus profond de lui, pleine de bonté et de lumière ; elle affleure parfois, puis se referme et disparaît. Il ne nous appartient pas d'en connaître les causes.

Nos malles sont sorties, avec nos beaux habits pliés à l'intérieur. Nous avons revêtu nos manteaux de voyage et nous nous apprêtons à repartir vers notre Lorraine. Tout se mélange en moi, je me demande parfois s'il ne s'agit pas d'un rêve dont je vais bientôt m'éveiller.

Paris s'estompe déjà derrière nous, et nous avons retrouvé tout l'inconfort du voyage. Qu'importe, maintenant : les lenteurs fluviales, les cahots de la route et les puces des relais de poste sont bien peu de choses à côté de ce que nous venons de vivre.

Une étrange pensée me vient à l'instant. Jamais le roi de France ne saura que sous les traits de Sébastien, d'Irène et de sa servante, ce sont les visages de Jérôme, de Claude et de Marthe qu'il contemple, chaque jour que Dieu lui octroie, le matin à son lever et le soir à son coucher. Visages que, moi, Georges de La Tour, fils du boulanger de Vic-sur-Seille en Lorraine, peintre ordinaire du roi de France, j'ai accueilli sur la toile, dans mon atelier, en cet an de grâce mil six cent trente-neuf.

Personne ne devinera les secrètes pensées ni les larmes de Claude qui ont accompagné tout ce temps où elle a posé comme modèle. Ni la torture que m'infligeaient sa présence et son cœur tourné vers un autre. Toutes nos larmes ont été absorbées par les couleurs, comme les gouttes de pluie pénètrent la terre et rejoignent les cours d'eau. Les couleurs désormais les abritent et les protègent, ces couleurs de feu et de flamme où je veux voir, quant à moi, celles de la vie et des élans du cœur.

En marchant dans Paris, je me suis aperçu que j'ai désormais envie d'apprendre à peindre d'autres sujets. Des ciels, des arbres, des nuages, des êtres qui ne soient ni des anges, ni des saints, ni des vieillards, ni des pénitents, ni des pécheresses repenties caressant amoureusement des crânes aux orbites creuses et aux dents déchaussées. Je veux d'autres couleurs sur ma palette, tous ces bleus et ces verts que le maître ignore, et aussi les visages que l'on croise chaque jour.

Ma décision est prise. À notre retour, je parlerai au Maître et lui annoncerai mon départ. Ce sera un moment difficile, car il est pour moi bien davantage qu'un maître d'apprentissage. Je lui dois tout. Comment oublier tout ce que sa famille et lui m'ont donné ? Je le remercierai, mais en homme libre et non plus comme un serviteur. Je le remercierai pour tout ce que je lui dois. Je lui dirai la dette qui reste la mienne et ma tristesse de quitter leur foyer, et aussi cette force qui me pousse au départ et cette impatience qui croît chaque jour. Si Dieu veut, je reviendrai un jour. Je lui en ferai la promesse.

Je verrai Claude, aussi, et je lui avouerai l'autre raison de mon départ. La principale, si je suis honnête avec moi-même. Elle sera surprise, peinée peut-être, car je sais qu'elle m'a en sincère affection. Qu'aurais-je donné pour qu'elle me regarde, rien qu'une fois, comme elle regarde Sébastien ? Moi qui ne possède rien, je sais que pour un tel instant j'aurais sacrifié, si on l'avait exigé, mon unique richesse : ma main droite.

Il reste une chose que personne ne saura, c'est mon secret et mon trésor à la fois : j'ai réalisé pour moi, en cachette, sur un modeste panneau de peuplier, une copie du personnage de Claude. C'est presque une miniature. Son visage, ses mains, je les garderai serrés tout contre moi. Cette peinture ne me quittera jamais, il faudra me tuer pour s'en saisir.

Je vais partir pour l'Italie. C'est là, dit-on, que doivent se rendre tous les artistes pour parfaire leur art en découvrant le travail des maîtres anciens, mais aussi des paysages et des lumières qui n'existent pas chez nous. Je ferai le voyage avant l'hiver.

Je sursaute. Un des gardiens du musée me touche légèrement le bras. *Nous fermons, madame, pouvez-vous regagner la sortie, s'il vous plaît ?* Je le regarde, hébétée. *Oui, oui, bien sûr, j'y vais.* Combien de temps suis-je restée sur cette banquette, engloutie dans le regard d'Irène, ensevelie dans tout ce qui vient de surgir là ? Je me lève, engourdie. En reculant de quelques pas, vacillante, je vois le tableau comme si je le découvrais. Tous ces détails dans lesquels je suis entrée semblent s'agréger dans un vaste ensemble lumineux, d'une aveuglante douceur. Je recule encore, hypnotisée par la beauté de la scène qui irradie la pièce.

Une pensée, soudain. Et si, à un moment donné, notre histoire avait ressemblé, même fugitivement, à cette scène ? Si tous ses éclats, aussi dispersés et coupants qu'ils aient été, avaient parfois réussi à dispenser une telle lumière ?

Pas un seul instant je n'ai regretté de t'avoir aimé. On ne sait pas ce qu'on est capable de donner, ni tout l'amour que l'on porte au fond de soi, tant que personne ne vous donne envie d'aller le chercher.

J'avance, encore aujourd'hui, à pas légers, mesurés, mais je sais que le chemin s'élargit. Peut-être toute la joie du monde n'a-t-elle pas tout à fait disparu. Peut-être m'attend-elle, plus loin, ailleurs.

Il n'appartient qu'à moi d'aller à sa rencontre.

J'entends en moi une voix qui chuchote, s'amplifie et finit par m'envahir tout entière.

Relève-toi !

Élance-toi !

Écoute-toi !

Danse !

Mes pas résonnent dans l'escalier en pierre, amplifiés par la hauteur de la voûte. Reprendre pied. Reprendre vie.

Retrouver le jeton du vestiaire, le bon casier. J'ai raté mon train, je vais devoir changer mon billet. Dehors la pluie a cessé, le ciel s'est dégagé, l'air est rafraîchi. Reprendre la route.

11634

Composition
NORD COMPO

Achevé d'imprimer en Slovaquie
par NOVOPRINT
le 5 mars 2017.

Dépôt légal mars 2017.
EAN 9782290138908
OTP L21EPLN002084N001

ÉDITIONS J'AI LU
87, quai Panhard-et-Levassor, 75013 Paris

Diffusion France et étranger : Flammarion